壮族作家作品系列

履痕心绪

Luhen Xinxu

石一宁·散文集

广西民族出版社

图书在版编目（CIP）数据

履痕心绪 / 石一宁著. —南宁：广西民族出版社，
2019.10（2023.5重印）
（我们丛书. 壮族作家作品系列）
ISBN 978-7-5363-7313-6

Ⅰ. ①履… Ⅱ. ①石… Ⅲ. ①散文集–中国–当代
Ⅳ. ①I267

中国版本图书馆CIP数据核字（2019）第216649号

我们丛书·壮族作家作品系列

履痕心绪

著　　者：石一宁
出版策划：石朝雄
责任编辑：潘　夏
装帧设计：张文昕
责任校对：李巧灵　庞丽明
责任印制：梁海彪　张东杰
出版发行：广西民族出版社
　　　　　地址：广西南宁市青秀区桂春路3号　　邮编：530028
　　　　　电话：0771-5523216　　　　　　　　传真：0771-5523225
　　　　　电子邮箱：bws@gxmzbook.com
印　　刷：三河市嵩川印刷有限公司
规　　格：787毫米×1092毫米　1/32
印　　张：6.375
字　　数：140千字
版　　次：2019年10月第1版
印　　次：2023年5月第2次印刷
书　　号：ISBN 978-7-5363-7313-6
定　　价：49.00元

※ 版权所有·侵权必究 ※

总 序

黄凤显

壮族是世居珠江流域的少数民族,现今人口1700多万,是我国人口最多的少数民族。壮族历史悠久,曾经创造了灿烂的文化,是中华民族文明的重要组成部分。这个在祖国南方世代生息繁衍的民族,与中华民族的其他成员一样,在千百年的历史进程中,创作了大量内容丰富、形式多样、特色鲜明的文学佳作。

提到壮族文学,首先让人想到的是其民间文学。壮族的神话传说、民间故事、山歌、壮剧、师公戏等,皆广为人知。

而壮族山歌尤为著名，三月三歌节、壮乡歌圩被誉为壮族山歌的荟萃和渊薮。不过，相对于民间文学，壮族的作家文学，人们对它的了解和关注还很不够。

作家文学的产生是与文字的产生联系在一起的。壮族在先秦时就已经有自己的文字。2006年前后，在广西平果县发现的感桑石刻文，以及在壮族地区先后出土的石器、陶器、青铜器上的刻文、铭文等，就是壮族的早期文字。这些产生于先秦时期的壮族古文字，经秦王朝统一文字或秦火之后，汉代以降已再难延续。现今发现的感桑石刻文等，由于缺乏文献佐证，已较难破译。但是，感桑石刻文中有不少片段在100字左右，已比我们常见的甲骨卜辞字数多，其较大的石片刻有200多个字符，据称还有一片达到2200字，这都赶上甚至超过了西周青铜器铭文的字数（西周青铜器铭文中最长的一篇《毛公鼎铭文》近500字）。这么多的字数和这样的篇幅，无疑已是篇章成文。尽管它尚未被破译，且可能是用于祭祀或属于实用文书，但其连缀成篇，中无间断，亦不难想见其架构气魄和辞章文采。所以，感桑石刻这些作者和内容待考的文字，堪称现今发现的最早的壮族文人作品。

壮族创造的第二种文字是方块壮字，亦称古壮字，也叫土俗字，萌芽于汉代，产生于唐代，是由壮族一些受汉文化教育的文人（也包括巫师）借助汉字或汉字的偏旁部首创造的。古壮字直到现在仍在壮族民间使用。1989年出版的《古壮字字典》收录了大约4900个字和大约1万个异体字。使用古壮字进行创作，滥觞于唐代俚僚人酋长、澄州（今广西上林县）大首领、廖州刺史韦敬办。由他撰写碑文的《六合坚固大宅颂》碑和《智城碑》，是岭南地区最早的唐碑，其骈赋体碑文富于文学色彩，其中《六合坚固大宅颂》则使用了古壮字创作。自唐代以后，古壮字多为民间麽公、民间戏人和山歌歌师所用，他们用古壮字书写的原始宗教经文、壮剧剧本和山歌唱本既有对口头传唱作品的记录，也有自己的书面创作。

在20世纪50年代拼音壮文出现以前，壮族作家、诗人主要是学习和使用汉文进行创作。目前，存世的这类壮族文人作品多为清代时所作，作者大多是中举、中进士者，其汉文水平足可与汉族文人比肩。这些文人在世时基本上都编有文集或诗稿，20世纪90年代以来，经广西少数民族古籍工作办公室组织力量进行整理，广西人民出版社、广西民族出版社、广西教育出版社等先后出版了多位作家的诗文集，如黎申产《菜根草堂吟稿》、蒙泉镜《亦嚣轩诗稿》、韦绣孟《茹芝山房吟草》、崔毓荃《薰生诗草》、郑献甫《郑献甫文集》、韦丰华《韦丰华集》、曾鸿燊《瓶山诗集》等，而其他壮族著名文人的集子，如张鹏展、冯敏昌、刘定逌等还有待于整理出版。这批诗文集可以说是第一批整理出版的古代壮族作家作品集。

近现代以来，运用汉文创作的壮族作家队伍越来越壮大，其题材内容越来越丰富，创作的体裁也越来越多样，涉及了众多的文学样式。新中国成立前，以曾平澜、陆地、华山等为代表的壮族作家就已蜚声文坛。新中国成立后，壮族作家更是群星璀璨。韦其麟、周民震、黄勇刹、蓝鸿恩、莎红、黄青、王云高、苏方学、韦一凡、凌渡、黄钲、潘荣才、孙步康、农冠品、苏长仙、陈雨帆、农耘等，都是人们所熟知的壮族作家。这些作家的作品都曾先后以单部作品或结集的形式出版，在海内外产生了重要的影响。

2013年，在中国作家协会的精心策划、组织下，55卷60册的《新时期中国少数民族文学作品选集》由作家出版社出版。这部卷帙浩繁的选集收有冯艺主编的《壮族卷》上、下册，收录了数十位壮族作家的作品，上册为中短篇小说集，下册为诗歌、散文集。上册文末附录长篇小说存目，下册卷后附录长诗、长篇报告文学存目。这是迄今为止编辑出版的唯一的多位作家、多种文体荟萃的壮族作家作品选集。

2018年是改革开放40周年，恰逢广西壮族自治区成立60周年，今年又正值新中国成立70周年大庆，这是展示、回顾、总结和检阅壮族作家创作，尤其是新时期以来壮族文学成就的良好契机。广西民族出版社出于自身的出版定位和社会责任，组织力量、自主投入，编辑出版这套"我们丛书·壮族作家作品系列"。

这套丛书共11册，收录了11位壮族作家的小说、散文和诗歌作品。入选的这11位中青年作家，都是新时期在文坛上活跃的壮族文学创作翘楚。丛书为每位作家单独编辑了作品选集，小说类有凡一平《合唱团》、李约热《一团金子》、陶丽群《被热情毁掉的人》，散文类有冯艺《除了山水 还有什么》、牙韩彰《屈指家山》、石一宁《履痕心绪》、黄佩华《生在平用》、黄鹏《家园气象》，诗歌类有荣斌《尘土之河》、梁洪《一个饺子的距离》、三个A《魔术师》。看这份名单和书单，不难发现两个特点：一是作家的选集属于"本色行当",如以创作小说、散文、诗歌著称的作家仍选其小说、散文、诗歌作品,像小说作家凡一平、李约热、陶丽群选的是小说,散文作家冯艺、牙韩彰选的是散文,诗人荣斌、梁洪选的是诗歌。二是作家的选集似乎有所"跨界",如在小说创作上实力雄厚的黄佩华,选的却是散文,著名文学评论家石一宁和诗人黄鹏,选的也是散文。这种看似"跨界"的努力,实则是跨越,代表了他们在文学创作领域的新开拓。如黄佩华,近年在潜心于小说写作、不断推出新作之余,陆续发表了一系列抒写壮族和壮乡的散文佳作,颇受读者喜爱;石一宁在对当代创作进行较全面系统的点评的同时,用散文笔调记下自己的履痕心绪和寄情哲思;平素写诗的黄鹏,其散文作品则灌注了浓郁的诗情画意。

丛书作品的选取,既考虑到作家的代表作,也充分考虑到作家的成长历程,让读者从中了解到作家创作渐入佳境及其风格形成的经过,尤其是认识和理解一个壮族作家是如何扎根于壮族文化沃土,参照壮语(母语)的表达方式,运用汉语进行文学创作的艰辛探索之路。因此,阅读这些作品,我们可以看出:凡一平小说那壮族式的机智、幽默及其传奇性是如何形成的,冯艺散文那种文化底蕴和人文关怀是如何集聚的,李约热小说的那种怪诞和黑色幽默是怎么炼成的,陶丽群是什么时候开始关注边陲小镇的小人物及其人性的扭曲与张扬的,荣斌的诗歌是如何贴近时代语境、抒写当代人真实灵魂的,牙韩彰是如何从惯常的写实手法转换为一种游刃有余的抒情的,三个A是怎么从一个年轻的壮族小伙子成为诗坛新锐的,等等,不一而足。还是回到编辑这套丛书的初衷，那就是对当下壮族文学创作和壮族作家的成长进行展示、回顾和检阅。

既如此，丛书所选的作品就并非全是作家们的新作、近作。有些作品需要置于其创作和发表时的时代语境下解读。正如凡一平在《合唱团》后记中说的："这部集子其实是那个年代青年彷徨、思索和奋斗的记录。这些作品所体现的对社会的认识、对生活的体悟、对人生的思考，甚至文本和话语等，自然就带上了那个年代的印记。"这应该作为阅读这套丛书作品的一个基本思路。

在选编这套丛书的过程中，出版社编辑和作者进行了多方沟通和协商。对于入选作品，编辑只对明显的舛误订正，原则上不做另外的加工修改，以尽可能保留作品的原貌。不过，编辑壮族作家作品系列丛书，对广西民族出版社来说是一个新的尝试，疏漏或缺点在所难免。我们在衷心祝愿壮族作家不断取得更加丰硕的创作成果的同时，也诚恳希望作家和读者给我们多提出宝贵的意见，使我们的编辑出版工作得到改进和提高。

2019 年 10 月

石一宁·散文集··········

目 录

第一辑

岳麓的雨 …………………… 3
凌云行思 …………………… 12
北海的风 …………………… 19
永福缘 ……………………… 27
紫云归来常看云 …………… 33
尧庙幽思 …………………… 39
湖神回来了 ………………… 45
重游楚雄 …………………… 51

第二辑

上林忆想 …………………… 63
回望高眼山 ………………… 73
故乡在打官司 ……………… 76
谁最让人敬畏 ……………… 80
不想过年，又想过年 ……… 84
及时做事 …………………… 87
河池学院印象 ……………… 90

第三辑

那些不仅是力与美的历史 …………97
历史·政治·真实 ………… 104
面对沉重的历史 ………… 108
问鼎与爱鼎 ………… 112
巧取豪夺非正道 ………… 116
斯人已去,精神长存 ………… 119
黄昏是美丽的 ………… 129
克非的"逆向流动" ………… 138
忧文忧天毕四海 ………… 144

第四辑

建设多民族共同的精神家园 ……… 151
畅写中国各民族的共同梦想 ……… 156
青春犹做伴,华年更精勤 ……… 159
少数民族文学的新发展 ………… 162
八桂文化扑面来 ………… 165
"壮族三月三"的凝思 ………… 169
"文学桂军"的一个重要方阵 …… 174
出于蓝而胜于蓝 ………… 179
一部精美的巨著 ………… 185
赞歌以及其他 ………… 188

第一辑

岳麓的雨

又到长沙。又来岳麓山下的岳麓书院。

在头门口,想多徘徊一会,以再次端详门上悬挂的写着"千年学府"的匾额。这是根据唐代书法大家欧阳询的字镌刻而成,字体苍秀朗润。然而,旅游车载来的一拨拨游人使我难在门口流连。

进得头门来,院内草木送香。旧地重游,内心涌起一阵亲切感。迎面大门上方宋真宗赵恒题写的"岳麓书院"御匾,仍值得细细琢磨。宋朝大中祥符八年(公元 1015 年),宋真宗召见岳麓书院山长周式。欲拜周式为国子监主簿。国子监为国家最高学府,书院是民间学校,皇上亲自下聘,但周式还是婉拒了，宋真宗乃赐"岳麓书院"题字及经书等物。宋真宗的御题笔酣墨饱，圆满端庄，显然对岳麓书院及其山长周式是心存敬意的。在那皇权至上的时代，宋真宗的召见和御题对岳麓书院成为北宋四大书院之一所起的作用，应是无人怀疑的吧。检视后人对宋真宗的评价，基本上也还是正面的，虽然宋朝景德元年（公元1004年）他与辽国签订的以输岁币求和平的澶渊之盟不无争议，之后又做出伪造天书的荒唐事，但他开创了"咸平之治"，政绩不凡。在文学和书法方面，他亦达到颇高的造诣，流传千古的名句"书中自有千钟粟""书中自有黄金屋""书中自有颜如玉"即出自其诗作《励学篇》。如此一位推崇读书的皇帝给岳麓书院题写院名，亦可谓适得其人。

  天不作美，开始落下零星雨点。我兀自站在院内砖地上，心中再三吟读大门两旁的对联："惟楚有材，于斯为盛。"这是有典故的。故事说，清朝嘉庆年间岳麓书院大修，山长袁名曜为大门撰写对联，出上联"惟楚有材"让门生们应对，贡生张中阶对下联"于斯为盛"。此流水对意思倒是甚为明白：楚国人才众多，岳麓书院尤最。然而，两联出处却有讲究，上联"虽楚有材，晋实用之"出自《左传·襄公二十六年》，下联"唐虞之际，于斯为盛"出自《论语·泰伯》。此对联虽易解，却来历深深，甚有气势。

  大门两侧，分置一对双面浮雕汉白玉抱鼓石，为宋明时期珍品，传说是清朝道光年间两江总督陶澍作为钦差大臣查抄江南大户曹百万财产时发现，转赠岳麓书院的。陶澍出身于岳麓书院，此举应是他对母校的情感使然。从古代艺术品珍藏的意义上来说，这对抱鼓石确实增加了岳麓书院的分量。

雨点渐大，游人有些骚动，然大都仍跟随导游走进二门。二门上，悬隶书"名山坛席"匾，系清朝何绍基字。何绍基，湖南人，曾任翰林院编修、国史馆总纂、四川学政，晚年先后在济南泺源书院、长沙城南书院、苏州扬州书院等书院主讲，书法、诗词皆名重晚清。门匾上的"名山"，指岳麓山，因岳麓山乃五岳中的衡山之尾。"坛席"一词，表达尊师之意。二门两旁对联："纳于大麓，藏之名山。"两联分别出自《尚书·舜典》"纳于大麓，烈风雷雨弗迷"和《史记·太史公自序》"藏之名山，副在京师，俟后世圣人君子"。此外，司马迁在《报任安书》中又云："仆诚已著此书，藏之名山，传之其人，通邑大都。"《尚书·舜典》之"纳于大麓"讲述的是舜经受住了尧对他的考验，司马迁之"藏之名山"交代的是《史记》成书后藏书之处。岳麓书院二门张挂此副对联，是对书院师徒的一种期许，亦是一种文化自豪感的宣示吧。

二门背面，悬"潇湘槐市"匾。原匾清朝即有，为清朝学监程颂万撰书，已毁于抗日战争期间。现匾为已故全国人大常委会原副委员长、民盟中央原主席楚图南所书。槐市，汉代长安读书人聚集贸易之地，因有"槐树数百行"（汉朝《三辅黄图》）而得名，后指学宫。称"潇湘槐市"，岳麓书院当之无愧。而补书者楚图南亦不只是职衔崇隆。出生于云南文山的楚图南，同时还是作家、翻译家、书法家和学者，著有小说集和散文集。翻译方面，20世纪三四十年代就出版了美国惠特曼诗集《草叶集选》，德国威斯布《希腊的神话和传说》，尼采《查拉斯图拉如是说》《看哪这人》，俄国涅克拉索夫长诗《在俄罗斯谁能快乐而自由》等译著。

进入讲堂之际，雨终于放纵地下了，声大如潮。讲堂里的陈设布置，让人一下子仿佛置身于密集的历史遗迹与信息之中。而讲堂外的雨声，恰似历史的回声。岳麓书院讲堂自北宋创立以来历代反复毁建，现在见到的，是清朝康熙二十六年（公元1687年）重建，清朝同治七年（公元1868年）大修而成。檐下，悬"实事求是"匾，初为湖南工专（现湖南大学）校长宾步程撰写。湖南工专于1917年迁入岳麓书院办学。原匾于抗战期间被日机炸毁，1985年根据东汉摩崖石刻《石门颂》字重制成现匾。《石门颂》被誉为"隶中之草"，对后世书法影响甚大。"实事求是"典出《汉书·河间献王刘德传》："修学好古，实事求是。"相对于书法，"实事求是"的哲学思维更是意义重大，它先是启示了早年曾居岳麓书院半学斋的毛泽东，之后发展为中国共产党的思想路线。讲堂正中，悬挂"学达性天"鎏金匾。康熙二十六年（公元1687年），康熙分别给岳麓书院、江西白鹿洞书院等书院，以及周敦颐、程颢、程颐、张载、邵雍、朱熹等理学家祠堂赐"学达性天"匾。赐岳麓书院之原匾已失，1984年根据康熙字重制。"学达性天"是对宋明儒学的一种概括，也是对追求天人合一的中国传统哲学和传统教育精神的一种阐扬。长方形的讲台上方，悬挂着另一块鎏金匾"道南正脉"，系清朝乾隆八年（公元1743年）乾隆所赐。理学自洛阳二程（程颢、程颐）南传，在朱熹而为闽学，在张栻而为湖湘学。张栻南宋时为岳麓书院主教并代行山长职事，朱熹两度讲学岳麓书院,"朱(熹)张(栻)会讲"当年轰动儒林,听者达千人。"道南正脉"四字是朝廷对岳麓书院的高度评价。

伴随着哗哗雨声,我细读讲堂里讲台后面木质屏风上刻写的张栻撰《岳麓书院记》。文中指出,修复岳麓书院的目的,不是为了让书生们"群居佚谈,但为决科利禄计",也不是"习为言语文辞之工而已",而是为了"成就人才,以传道而济斯民"。而已故湖南大学校友、湖南省书法家协会原主席周昭怡女士端严圆润之小楷补书则有相得益彰之效。浏览讲堂南北两壁所嵌之"忠、孝、廉、节""整、齐、严、肃"大字碑,让人思接千载,视通古今。"忠、孝、廉、节"为朱熹手迹,"整、齐、严、肃"四字则为清朝乾隆时期岳麓书院山长欧阳正焕所书。讲堂的多副对联,亦令人目不暇接,再三回味。其中长联"是非审之于己,毁誉听之于人,得失安之于数,陟岳麓峰头,朗月清风,太极悠然可会;君亲恩何以酬,民物命何以立,圣贤道何以传,登赫曦台上,衡云湘水,斯文定有攸归",系清朝山长旷敏本撰,原联已于抗战期间被日机炸毁,补书者为湖南省书法家协会名誉主席颜家龙。此联表达了对儒学之崇信坚执,别具一种感人的力量。讲堂墙壁尚嵌多块清朝碑、石、木刻,兼具史料和文物价值。其中《岳麓书院学规》碑,对今人亦尤多启示,如"时常省问父母""气习各矫偏处""痛戒评短毁长""损友必须拒绝""通晓时务物理""参读古文诗赋""读书必有过笔""夜读仍戒晏起"等等。此碑于清朝乾隆十三年(公元1748年)刻,岳麓书院山长王文清撰文。这些条文既是岳麓书院学规,亦反映着中国古代的教育思想与方法。

大雨滂沱，阻碍着游人继续前行的脚步。人们拥挤于讲堂内，看而又看，思而又思。讲堂内外，每一牌匾、对联、碑石、木刻，都是有来历、有大讲究的。来岳麓书院，可谓一次国学之旅。如此一想，心中便对身边周围的游人生出许多好感来。不论他们的国学根底如何，在这个资本和信息的时代，肯来这个散发着古人幽思的岳麓书院一拜或一游，实在难得。导游是一位眉眼清秀的潇湘人样貌的女子。她说，岳麓书院现在是湖南大学的一个学院，书院的导游很多都毕业于湖南大学。说话间神情颇为自豪。

长沙多暴雨，在岳麓书院遇到的这场雨，算是让人领教了。观览完书院讲堂，雨不仅没收敛，反倒越下越大，如注如泼。无法继续前往更多景点，只好进入书院的书店里翻翻书。然而，内心却更多惦记此次未能重游的胜迹。首先想到的是爱晚亭。出岳麓书院后门不远，便是与安徽滁县的醉翁亭、杭州西湖的湖心亭、北京陶然亭公园的陶然亭并称"中国四大名亭"的爱晚亭。爱晚亭现在的亭额，是毛泽东于1952年题写的。爱晚亭由岳麓书院山长罗典建于清朝乾隆五十七年（公元1792年），原名"红叶亭"。"爱晚亭"之名为湖广总督毕沅根据杜牧诗句更改。但有一传说则与此相左。故事说清代文学名家袁枚年轻时到长沙，登门拜访罗典。但罗典认为袁枚为人放荡，作文亦另类，且收女学生，故心生厌恶，托病不见。袁枚吃了闭门羹走后，罗典竟叫人水洗书院门前台阶，以驱除邪气。袁枚离开长沙前，写诗吟赞岳麓山景物，唯《红叶亭》一首只抄录杜牧的绝句《山行》，且故意漏抄"爱"和"晚"两个字："远上寒山石径斜，白云生处有人家，停车坐枫林，霜叶红于二月花。"罗典听闻，愕然之后深感惭愧，即令门生摘下"红叶亭"匾额，改亭名为"爱晚亭"并亲题新匾，此后并注意对晚辈多予护爱。相对于毕沅改亭名的正史，我更喜欢这则传说，因为它刻画了罗典古板而又知错即改的可爱性格。或许，这也是对岳麓书院传统和精神的某种隐喻？

　　这一掌故如同一条隐隐约约的线，让人联想线上的一些点。在岳麓山腰、白鹤泉后，由花岗石圆形基座和矩形尖碑组成的蔡锷墓及墓主生平，便在脑海中浮现……蔡锷，字松坡，1882年生于湖南宝庆（今邵阳市洞口县）。1911年武昌起义成功，蔡锷在云南领导新军起而响应，任云南军政府都督。1913年被袁世凯调至北京，此举兼笼络与看管之意，起初蔡锷对袁仍抱好感，认为袁世凯"宏才伟略，群望所归"。1915年5月，袁世凯与日本秘密签订《二十一条》，并酝酿称帝。作为早年即矢志推翻帝制、"流血救民"的革命军人，蔡锷心中的愤怒之火被点燃。同年11月，蔡锷以治病为由离京赴日，12月19日辗转抵达昆明。12月12日，袁世凯在北京宣布承认帝制，国号"中华帝国"，年号"洪宪"。讵料仅仅13天，12月25日，西南边陲云南即爆发讨伐复辟逆流的惊天怒吼，蔡锷与唐继尧等发动护国战争。任护国军第一军总司令的蔡锷，于1916年春指挥四川战役，牵制袁军主力，乃全国反帝制运动的中流砥柱。同年3月22日，袁世凯被迫取消帝制。9月，蔡锷东渡日本疗治喉癌。11月8日，年仅34岁的蔡锷病逝于日本福冈。北洋政府于岳麓山举行国葬，蔡锷成为民国史上国葬第一人。时人哀悼之挽联，其中有杨度的"魂魄异乡归,于今豪杰为神,万里河山皆雨泣;东南民力尽,太息疮痍满目,当时成败已沧桑"。杨度与蔡锷是长沙时务学堂的同窗,却又是鼓吹袁世凯称帝的筹安会理事长。袁世凯称他为"旷代逸才",却在事败临死前大呼:"杨度误我!"杨度此联既尊蔡锷为豪杰,亦有对其作为不以为然之意。而康有为之联亦堪玩味:"微君之躬,今为洪宪之世矣;思子之故,怕闻鼙鼓之声来!"康有为厌惧"洪宪之世",却紧抱大清皇帝,不仅在辛亥前为变法维新中坚,在蔡锷死后半年多即上演的张勋复辟闹剧中,亦扮重要角色。或许康有为认为袁世凯那是篡位,清室才是正统吧。而康有为的学生兼维新派盟友、蔡锷就读长沙时务学堂时的老师梁启超,则与时俱进地认识到帝制与人民尊严水火难容。因此,他不仅撰写挽联"知所恶有甚于死者;非夫人之恸而谁为?"来深沉赞美蔡锷的崇高精神境界,更在追悼会上指出蔡之讨袁是"为国民争人格"。

蔡锷16岁考入的长沙时务学堂,是1897年由维新派创办的湖南第一所新式学校。戊戌变法失败,时务学堂几经改名,1903年与岳麓书院合并为湖南高等学堂。1926年,在岳麓书院旧址成立了湖南大学。千年学府岳麓书院,开启了现代转型。岳麓山声名远播,乃因岳麓书院;岳麓书院千年犹盛,乃因名师高徒。不能说蔡锷出身于岳麓书院,然而回顾岳麓书院的变迁,无法不让人想到蔡锷。历史上的蔡锷,此刻岳麓山上风雨中的蔡锷墓,就如此不知不觉串起了今番对岳麓书院的游访……

雨仍无稍减之势,而闭院时间将至。我们一行人到大门口边避雨边等车。望着眼前纵情倾泻的雨，望着院内外雨中摇曳的香樟树，我问导游是否湖南大学毕业，她笑而不答。或许她认为这是不言自明，也或许她为自己的学历感到惭愧。而这一切，皆因岳麓书院。

凌云行思

仲秋九月的凌云,乍阴乍晴,乍风乍雨。

来到广场时,正下着雨。访客都打着雨伞。绵绵雨中,只见广场上高耸着一尊铜制的孙中山立像。再前行十来米,是一座中西合璧的砖木瓦结构建筑,正中拱门上白底衬书的"中山纪念堂"五个黑色大字,遒劲、凝重。

凌云中山纪念堂,坐东朝西,正面是三个牌坊式拱门,拱门之间各有一根竹子形立柱,两侧门上墙体各有三个穿接一起的红色菱形图案。中间拱门堂名的上方,是三角形的屋顶,屋顶两侧各嵌一只"佛手"装饰物,"佛手"呈粉红色,颇为醒目。拱门上部两侧墙体,以壮锦图案绘饰。此纪念堂的建筑风格,"竹子"、"佛手"、菱形与壮锦等图案,都有讲究。象征着孙中山一生秉持的精神,追求的理想,展现的气节;壮族人民对孙中山的景仰,对孙中山先生在天之灵护佑物阜民安的祈愿。

凌云,四支河流纵横县城,古称泗城。宋朝皇祐五年(公元1053年)置泗城府,清朝乾隆五年(公元1740年)置凌云县,为汉、壮、瑶等民族聚居地,多半人口为少数民族。揆诸孙中山之生平,生前并未踏足凌云,何以在凌云得享此隆祀?

在纪念堂内瞻仰,听东道主介绍,我得知此为凌云先贤王彭年先生之倡设。王彭年,壮族,早年入学广西政法学堂,参加辛亥革命,曾任凌云县第一届议事会长、广西临时议会第一届议员。1913年,为讨袁护法,孙中山在广州成立护法军政府,王彭年任军政府内政部次长。1921年,王彭年回凌云任知县;1925年,任凌云县长。而这一年,3月12日,孙中山病逝于北京东城铁狮子胡同5号行辕,终年59岁。临终前,他说的最后一句话是:"和平、奋斗、救中国。"孙中山留下的三个遗嘱中,国事遗嘱云:"余致力国民革命,凡四十年,其目的在求中国之自由平等。积四十年之经验,深知欲达到此目的,必须唤起民众,及联合世界上以平等待我之民族,共同奋斗。现在革命尚未成功。凡我同志,务须依照余所著《建国方略》《建国大纲》《三民主义》及《第一次全国代表大会宣言》,继续努力,以求贯彻。最近主张开国民会议及废除不平等条约,尤须于最短期间,促其实现。"在给家人留下的遗嘱中,孙中山说:"余因尽瘁国事,不治家产。其所遗之书籍、衣物、住宅等,一切均付吾妻宋庆龄,以为纪念。余之儿女,已长成,能自立,望各自爱,以继余志。"辛亥革命的胜利,奠定了孙中山伟大革命先行者的历史地位。孙中山逝世后,民国政府号召有条件的地方建立中山纪念堂。凌云县县长王彭年,追慕伟人,起而响应并发动县人捐助。1938年,凌云中山纪念堂在原广西泗城府土司衙署后花园破土而立,成为广西第二、百色唯一的一座地标性建筑。"中山纪念堂"五字为王彭年所写。

"革命尚未成功,同志仍须努力。"展厅正面墙上的孙中山彩色画像和画像两边的这副名联,以及展厅四面近百幅孙中山在各个时期的照片,令我遐思凝想。我想到广西有全国的第一座中山纪念堂——梧州中山纪念堂。梧州的纪念堂是在时任西江善后督办、梧州善后处处长李济深的倡议下,于1930年10月建成的。梧州之所以抢风气之先,是因为孙中山为了北伐曾三次驻节梧州。我想到孙中山与广西之缘,想到广西各族仁人志士对辛亥革命的贡献。1907年3月,孙中山在河内建立军事指挥机关,以越南为基地组织、发动了六次反清武装起义。这六次起义中,有三次是在广西边境地区发动的。这些起义虽然失败了,但为武昌起义的胜利积累了经验。广西作家任君的长篇小说《铁血祭》,刻画了曾参加过广西境内这几次起义的李德山、陆亚发、褚大等广西籍革命志士的形象。这些革命志士处身在延续了几千年的专制政体营造的如磐风雨和沉沉黑暗之中,不是喏嚅趑趄、唯唯诺诺,甘做朝廷鹰犬,而是为了做人的自由与尊严、为了再造一个新中国奋起搏击,以生命为代价撕开无边的黑暗天幕的一角，为夜色茫茫的中国大地引入一线黎明的曙光。

"危难无所顾，威力无所畏。"在中国历史重大的转折点，广西人民做出了正确的选择。这也是孙中山对广西情有独钟的原因。1921年10月15日，孙中山在广州天字码头乘"宝璧号"舰前往梧州，开始了取道广西督师北伐的历程。孙中山10月17日抵达梧州，至1922年4月19日因改道赣南北伐而从梧州返回广州，在广西驻节了整整半年时间。在此半年间，孙中山还涉足南宁、昭平、平乐、阳朔、桂林等地，接见地方官员，会见各界人士，发表宣传演讲。10月17日刚到梧州，便委托胡汉民在欢迎会上代为宣读训词。孙中山希望广西"人人有民治之思想，出而负责，出而力行，务须达到毋求他人扶助地步，真正民治之精神，方能贯注"。在南宁演讲时，孙中山说：广西向称贫瘠。而"所谓贫瘠者，非真贫瘠。特人事未到耳"。广西同胞"不可放弃主人翁之资格""当共同负兴发广西利源之责任""以求公共幸福"。并说："广西需大借外债，以筑铁路、开矿山、树农场、兴工厂。此种种事业，皆获利之事业。尚能切实声明，用于兴利之途，则外人必乐为投资。唯只可利用其资本人才，而主权万不可授之于外人。"孙中山在后来撰写的《实业计划》一书中，对全国的港口、铁路和内河航道建设等所拟的规划，有不少内容是关于广西的。如在港口建设方面，孙中山提出在我国沿海地区要建设三个头等港即世界大港，四个二等港，九个三等港，十五个渔业港。孙中山把广西的钦州港列为全国规划建设的四个二等港之一，认为钦州乃中国海岸之最南端，对于包括广西、云南、贵州、四川在内的西南腹地而言，"直接输出入贸易，仍以钦州为最省俭之积载地也"。

　　沿着纪念堂的回廊走到堂后，见一方荷池。荷池被青松绿柳环抱。池心有一亭，名曰听荷亭。雨下得大了起来，密集的雨点击打在池水里，击打在荷叶上。仲秋的荷叶，有的仍翠青，大半已枯残。从回廊有一石板桥通往听荷亭。亭里有几位访客，或坐或立，或静默或交谈。"竹坞无尘水槛清，相思迢递隔重城。秋阴不散霜飞晚，留得枯荷听雨声。"李商隐的诗句油然浮现脑海。听荷亭旁听雨声，令人思念已远去而宛在的伊人。真正的伟人总是受到人民的真心爱戴。我想起2005年在巴黎参观安放着伏尔泰、卢梭、雨果等七十二位法兰西巨人肉体和灵魂的先贤祠，看到正门多根巨大的圆柱托举着的屋顶下一行刻写的法文："祖国感谢伟人们！"当时心中热流涌动……我想起母校中山大学。1924年，孙中山创立国立广东大学，并亲笔题写校训："博学、审问、慎思、明辨、笃行"。1926年，国立广东大学改名为国立中山大学。中山大学广州康乐园校园，至今矗立着一座孙中山铜像，那是孙中山的日本友人梅屋庄吉在1932年赠送给中国的四座孙中山塑像中的一座，按照孙中山的身高1∶1复制。游览康乐园，孙中山铜像是必定瞻仰的。中大学子毕业留影，亦多选在孙中山铜像前。1923年，孙中山在岭南大学怀士堂（今中山大学康乐园内）对学生发表演讲时说："我劝诸君立志，是要做大事，不可要做大官。"孙中山还说，岭南大学之内，四围有花草树木的风景，洋房马路的建筑，这种繁华文明的气象，与校外的荒野景象相比，真是天壤之别呀。中国人现在每日至少有三万万人朝不保夕，愁了早餐愁晚餐。大家想到国民同胞的痛苦，应该有一种恻隐怜爱之心。应该人人立志，担负救贫救弱的责任，去超度同胞。如果大家都有这种志愿，将来的中国，便可转弱为强，化贫为富……"立志要做大事，不可要做大官"这句话，至今镌刻于怀士堂，激励着中山大学的莘莘学子。

"尚余遗业艰难甚，谁与斯人慷慨同。"这是1907年孙中山悼念第一个为革命牺牲的中国同盟会烈士刘道一的诗句，亦可视为孙中山在那段风云急遽变幻的历史时期艰困情境的自白。辛亥革命不彻底，孙中山不是完人，这在鲁迅的作品、毛泽东的文章中早已多次涉及，在今天更是国人共识。孙中山于1905年在日本东京成立的中国同盟会，以"驱除鞑虏，恢复中华，创立民国，平均地权"十六字为政治纲领，将清朝政府等同于满族，将满族加以蔑称并排除于中华之外。正如美国学者卡尔·瑞贝卡所批评：这种狭隘的以种族问题为中心的"中国性"，"这就承认了'人民'不必通过政治意识或革命行动主义来定义，而是通过本质化的种族—人种的类型来指明。这种中心化实际上为中国革命者卸下了从政治上动员'人民'的重任，因为它可以声称把一个自然化的排满主义作为革命的基础。"之后的革命实践，使得孙中山认识到"排满主义"显然不利于作为多民族国家的中国的统一，转而思考民族平等问题。他指出："异族因政治不平等，其结果唯革命；同族间政治不平等，其结果亦唯革命。革命之功用，在使不平等归于平等。"在《中华民国临时约法》中规定："中华民国之主权，属于国民全体。……中华民国人民一律平等，无种族、阶级、宗教之区别。"中华民国成立后孙中山特意访问原清朝摄政王载沣，对他能代表清朝政府和平交出政权、服从共和之举表示赞赏，并讲述民族平等的意义，表达要建立民族平等的新国家的愿景。辛亥革命并未终结中国的苦难和黑暗。然而，孙中山"推翻了清朝的统治，结束了中国两千多年的封建帝制，建立了中华民国和临时革命政府，并制定了一个《临时约法》。辛亥革命以后，谁要再想做皇帝，就做不成了"。孙中山领导的辛亥革命推翻帝制、缔造共和，开启现代中国民主政治的伟大功绩，日月昭昭，彪炳千秋。

"凌云山水美如画。"岭南画派大师关山月游凌云时发出如此感叹。而凌云中山纪念堂，召唤的是一种历史记忆和人文沉思，它比美丽的风景更让人深深地记住僻处云贵高原余脉山区的这方水土。

北海的风

　　北海的风是强劲的风。

　　作为北部湾的城市,北海每年约有五次被台风光顾。强横的台风如狂野的烈马,北海的海边、路旁、房屋树木,不时可看到"风马"呼啸践踏的鲜明痕迹。

　　我没有在北海巧遇过台风。但在台风与台风的间隙,北海的风也时常是强劲的。

　　2009年仲夏,又到北海,此行系参加采风活动。北海之夏,应是骄阳似火。然而,午后的此刻,太阳躲进云层不知踪影。我们一行入住银滩旁边的海滩大酒店。进入房间稍安顿下来,即到阳台张望。只见天色已转昏暗,劲风夹着雨点呼呼地吹，路旁高大的树被吹得不停地摇头，那些灌木花草更是东伏西倒，行人与车辆稀少了。来房间叙旧的北海友人提议去银滩上走走。我俩刚从酒店鱼贯而出，海风即扑上身来，抓上脸来，有些热，也有些辣。呵，还真是，采风采风，采到了北海的风。

到了银滩上，只见大海卷着浪潮一次次撞上滩来，引发水里游泳和岸上闲步游客的阵阵尖叫。见到此次同来采风的几位作家，在海风的沐浴下也是衣袖飘飘，裤脚飞扬。从西北来的那位女作家，头一次来南方，此时打着赤脚，拎着鞋。她的长发被风吹散，遮住眼睛和脸，却遮不住她那兴奋的叫喊："这里真好！真美！太美了！"天真的神情有如刚发现奇迹的孩子。而我则在想，每天在这样辽阔、漫长、美丽的银色沙滩，沐着海风，迎着朝霞，而赤脚晨跑，那将是一种什么感受？呵，那将是一种什么感受？

徜徉银滩，顶着有些刮人的海风，我在想象北海人今天的幸福生活。我也在想象北海的昨天，想象北海历史上的风……

有这样一则关于脚下这片海滩的传说：古时候，一黄姓人家请风水先生为其祖找处宝地，风水先生从广西龙脉走向发现有一条龙往南走，于是沿着龙脉到了廉州，顺着龙尾找到了龙头，即今北海四川路南端与银滩大桥之间。风水先生站在龙头往东南方向看去，发现前面约一千米的地方有一处蟹地和一处虾地，风水最好。于是风水先生建议黄姓人家将其祖葬在该处。后来也有一大财主请风水先生找宝地，也同样找到了该处龙地，但见已被黄家捷足先登，便起妒意,在黄家坟旁建了一座大瓦窑,就地挖泥做瓦。瓦窑烧了七七四十九天,龙最后热得待不下去了,便转身腾跃钻进大海。今天的十里银滩便是那条龙在海里翻滚把海沙推上岸而形成的。这个传说具有民俗学的意义,它在夸说银滩是一处卧虎藏龙的宝地。然而,这种散发着神秘主义色彩的传说毕竟不是历史本身。

北海在中国历史上最初引人注目的亮相,是与合浦连在一起的。汉朝元鼎五年(公元前112年),汉武帝平南越国,在原南越国地域分设南海、苍梧、合浦、郁林、珠崖、儋耳、交趾、九真、日南等九郡,由此开辟了中国和南洋的海陆交通。作为合浦郡属地的北海,想来其时必也经历了统一战争的战火洗礼。东汉建武十六年(公元40年),交趾郡出了两个传奇人物——征侧、征贰,姊妹俩揭竿而起,攻陷郡城。此次起义得到九真、日南与合浦三郡百姓的响应,义军占领了大小65座城,征侧遂自立为王。光武帝刘秀先是下诏长沙、合浦和交趾三郡官衙具车船、修道桥、通障谿、储粮谷;第二年,拜马援为伏波将军,发长沙、桂阳、零陵、苍梧等郡一万多兵力前来围剿。翌年4月,马援攻破交趾,斩杀征侧姊妹等数千将士,降散万余人,终于将起义镇压了下去。历史是胜利者书写的,它总是体现着统治者的意志。因此,官修史籍对这次事件的褒贬当然是站在朝廷的立场上。然而,封建统治者对人民经济上的榨取与思想的钳制并非就是天经地义。征侧为何造反?《后汉书》说征侧嫁为人妻,"甚雄勇。交趾太守苏定以法绳之,侧忿,故反"。然而历史逻辑不可能是由征侧姊妹的"个人英雄主义"建构的。起义得到九真、日南与合浦三郡百姓的响应，义军大量攻城略地，东汉朝廷花了三年时间调集大量兵力物力方能摆平局势，至少也说明了一个事实：当时的政治有问题。这是有大量的佐证的。比如之前的汉武帝末期，珠崖郡的老百姓因不堪忍受太守孙幸"调广幅布"以进献汉武帝的盘剥奴役，遂攻打郡城杀死孙幸。孙幸之子镇压了起义并获得承其父任珠崖太守的任命。然而，朝廷"贪其珍赂，渐相侵侮"，所以珠崖郡还是"率数岁一反"，即几年一次造反。又如一百多年后的东汉桓帝永寿三年（公元157年），九真郡的居风县县令贪暴无度激起县人抗议，"攻杀县令，众至四五千人"。

东汉元初二年（公元115年），苍梧郡发生起义。第二年，义军"诏诱郁林、合浦蛮汉数千人攻苍梧郡"。东汉光和元年（公元178年），合浦郡再次因起义而令人瞩目。《后汉书》是这样记载的："光和元年，合浦乌浒蛮反叛，招诱九真、日南，合数万人，攻没郡县。四年，刺史朱俊击破之。"

漫漫数千年的中国封建社会，虽是一个"超稳定结构"，然而，其间却是密实地填充着压迫与反抗的细节。反抗者无论失败（如陈胜、吴广），还是成功（如朱元璋），都无法脱离"超稳定结构"的轮回宿命，那成功者无非也就是让江山改成自家的姓，从治于人者摇身变成治人者罢了，其进步意义终至归于虚无。更有甚者，那统治结构的地基被成功者夯得更实，零部件被拧得更牢。倒是那些失败者，往往具有某种悲剧英雄的色彩。虽千万人吾往矣，在暗无天日的黄昏中拔剑奋起，在风雨如磐的子夜身披流矢，或被长刀削去大好头颅，不也悲壮，不也崇高！即使如征侧姊妹最终落了个被"传首洛阳"的结局，然而，她们短暂的生命却也闪耀着一种异样的光芒！应该说，整个合浦在中国历史上"曝光率"不是太高，然而，在最初被写进历史的那些章节里、字里行间，包括北海在内的合浦先民们的血气与风骨，的确令人敬畏……

北海的风也有温柔的时候。

走进珠海路，正是夕阳无限好。在银滩吹过的呼呼的海风，在此时此处变得柔和了，有如大阵仗的管弦乐队万马奔腾般的急骤交响之后，一支短笛或一把小提琴在轻轻地倾诉。

珠海路是北海的老街。老街始建于1883年。1876年中英两国签订《烟台条约》，北海被辟为对外通商口岸，英、法、德等国在北海建造领事馆，欧风浸漫之下，老街一色中西合璧骑楼式建筑。一栋栋二三层小楼，临街窗顶多为卷拱结构，卷拱外沿及窗柱顶端有流丽的雕饰线。一路进去，望着街道两边或新艳或斑驳的墙面、式样各异的装饰和浮雕，恍然有置身欧洲某条街道之感。或许是黄昏时分，老街并不热闹，有的楼屋甚至门窗紧闭。各家门前或坐或站的男女老少，均为闲适之状。虽然1927年之前，这条路曾是北海最繁闹的商业街区，经营绸缎等纺织品，鱿鱼、沙虫、虾米、鱼干等干海货，缆绳、渔网、鱼钩、渔灯、风帆布、船钉等渔用品，然而，现在北海的最繁华地段显然已别移他处。历史学家和建筑学家谓老街为"近现代建筑年鉴"；有加拿大官员建议，将珠海路申请作为世界文化遗产。在全球化时代，珠海路的功能已转化为博物馆式民居。老街，让人实实在在地见证和感受北海的人文、北海的民风……

对比神州大地一条条老街，面目全非乃至星流云散，我为珠海路的安然无恙而庆幸，为北海人的珍惜历史而感佩。漫步珠海路，我想起"合浦珠还"的故事。

北海珍珠，硕大、沉实、圆润，荧光久远。在中外珍珠界，素有"西珠不如东珠，东珠不如南珠"之说，而北海则是南珠的著名产地。东汉孟尝，会稽上虞人。自徐令任上，迁升合浦太守。其时之合浦，不产粮谷，而海出珠宝。合浦人与比邻的交趾郡通商密切，以己之海产贸籴彼之粮食。然而之前的合浦郡守极贪秽，强逼百姓滥采珍珠，珍珠逐渐离去，而徙于交趾郡界。珍珠搬家带来严重的社会问题：行旅不至，人物无资，贫者饿死于道。孟尝到任后，革易前敝，求民病利。不到一年即珍珠复还。百姓得以悉返旧业，商货又大大流通。人们称赞孟尝为神明。

千百年来，"合浦珠还"作为成语、作为典故被代代相传。我不知道珍珠是否能察辨人间善恶，是否能像良禽择木、良臣择君一般也择地而居。我倾向于把这个故事当作一个隐喻来解读。它实际讲述的是良政与民生、与生态，乃至与一切社会生活的关系。也许，《后汉书》的作者范晔，或司马彪，仅仅是就事论事地记下这个故事；又也许，作为熟谙春秋大义、以史为言说方式的历史学家，作者亦为别有深意地书此一笔。正如哲人所说，人类的思想，只有化为贴切的比喻或广为流传的故事，才会具备穿越历史长河的力量。不妨认为，"合浦珠还"是人们把历史学家的思想化作了贴切的比喻和广为流传的故事。然而，良政又谈何容易！古今中外的历史更多记载的是失德的政治。即如那位镇压了征侧姊妹起义的功臣伏波将军马援,下场也并不美妙。马援晚年主动请缨出征武陵平叛,因决策失误,士卒途中多疫死。虽然进军路线当初已报请光武帝刘秀批准,但刘秀还是遣与马援有隙的虎贲中郎将梁松前往军中责问,并代监军。马援病故,梁松乘机诬陷。刘秀听信谗言,龙颜大怒,撤销马援新息侯的封授。又如"合浦珠还"故事的主人公孟尝,在合浦太守任上以病请辞。离职之时,合浦吏民攀车恳求留任。孟尝前进不得,乃乘乡民船只夜遁。此后的孟尝隐居穷泽,躬耕垄亩。邻县士民慕其德行,搬来做邻居者竟达百余家。会稽同乡、尚书杨乔激赏孟尝之为人,曾先后七次上书表赞孟尝。桓帝立,杨乔再次上书推荐,除了陈述孟尝在合浦太守任上移风改政,使去珠复还、让饥民丰衣足食的政绩,杨乔还说:孟尝安仁弘义,耽乐道德,清行出俗,能干绝群。而今却沉沦草莽,好爵莫及;朝廷之宝,弃于沟渠。孟尝年岁渐高,桑榆将尽,而忠贞之节,却永辞于圣时。我实在因此伤心,私下为之流涕。物以远至为珍,士以稀见为贵。王者取士,宜拔众之所贵……然而,这封写得情采并茂的推荐书并没有打动桓帝刘志。孟尝终不再被朝廷启用,七十岁那年卒于家中。

马援曾发豪言:男儿要当死于边野,以马革裹尸还葬耳,何能卧床上在儿女子手中邪!孟尝勤政清廉,忧民之忧;隐退后匿影藏采,不扬华藻。此二人之人生谢幕情景,亦可谓求仁得仁,不必后人涕流唏嘘去为古人伤感。然而我愿马援传奇、孟尝故事,不是被视作茶余之佳话、饭后之谈资,也不是历史的插曲和边上的注释,而是被作为历史的郑重训诫与启示,让人思索,让人沉吟……

　　北海的风,是强劲的。北海的风,又是温柔的。需要你凝神谛听,需要你静心抚触……

永福缘

我与永福有缘。迄今,我四次到过永福。

与永福有缘,乃是与永福人有缘。永福作家、桂林市文联名誉主席和桂林市作家协会主席的黄继树先生是我的忘年之交,故此就有了四次之多的永福行。

与黄继树先生相识是于20世纪90年代初,其时我并不知他是永福人。当时他到北京参加漓江出版社主办的他的长篇小说《桂系演义》研讨会,会上北京的评论家们一片叫好。会后,我即拜读了《桂系演义》。小说对李宗仁、白崇禧和黄绍竑等桂系将领形象的传神塑造,对民国历史风云的生动演绎,以及对纵横捭阖的政治博弈和血火交飞的战争场面驾驭从容的描写，给予我深刻的印象。20世纪90年代末，承蒙黄继树先生的邀请，我与他一起回到他的老家。匆匆的几个小时，永福、百寿的地名与百寿图岩刻、永宁州城和世界上最大的重阳树等古迹风景却已烙印心中。之后，我与北京一位朋友到贺州参加一个活动，黄继树先生获悉后盛情邀请我与这位朋友过桂林停留，并到永福参观。于是，得以再览胜迹，重历风光。这一次，给我们热情地导游的还有永福的历史和民俗专家梁熙成先生。

2006年秋，黄继树先生策划，文艺报、桂林市作协、永福县委和县政府联合主办的"永福县福寿吉祥民俗文化创作笔会"举行，我负责邀集北京的作家吴泰昌、石英、王必胜、冯秋子和岑献青赴会。北京作家们都是第一次来到永福，有的甚至是头一回踏上桂林这块土地，因此处处感觉稀奇，对永福的秀水青山、晴天丽日和清新空气更是赞不绝口。我已是"三进山"，对永福的山川地理、古迹名胜没有了那股初来乍到的兴奋，但此次的永福行仍给我极大的触动。这次笔会是永福县首届"福寿文化节"的一项内容。参加笔会的作家们对耳闻目睹的永福的县情、民风和史迹怀着勃勃兴致。全县森林覆盖率达74.1%，盛产多种水果，是农业部命名的"罗汉果之乡"。近两千年的建县历史造就了独特的人文风貌：宋代的"福"字石刻和"寿"字石刻，窑田岭窑址和永宁州古城，唐代诗人柳宗元在当地吟出"滴水斗石兰麻高"的诗句，李商隐写下《赛兰麻神文》等文，元代书法家赵孟頫留下"宁寿"二字真迹，宋代出了文武两状元王世则和李珙，国家非物质文化遗产保护项目——广西彩调的发祥地。百寿镇寿字岩上的宋代"寿"字石刻尤遐迩驰名。此阳刻大"寿"字的笔画里，又阴刻百个小"寿"字，百字百样，实即一幅"百寿图"。"百寿图"反映汉字的起源、演化和发展的历程，乃中国书法史中的一部珍贵档案，又蕴藏中国文化的奥妙内涵。"百寿图"拓件为中国政府对外交往的珍贵礼品之一。名副其实的"福寿之乡"，东晋葛洪的《抱朴子》记载的汉代158岁的廖扶，即为百寿岩附近村子人。目前永福县近27万人，共有70岁以上老人18600多名，其中百岁以上老人32名，平均每10万人中有11.8名百岁老人，超过联合国评定世界长寿之乡的标准，即每10万人中有7.5名百岁老人。

这次笔会活动最为震撼的一幕是，10月28日下午5时许，在永福县中心广场举行的规模盛大、别开生面的"千叟宴"。1199名（其中60多名来自全国各地）70岁以上（有5位100岁以上）的寿星围坐在200张八仙桌旁，组成了一个长68米、宽37米的蔚为壮观的"寿"字形，共进晚宴。夕阳西下的广场上，只见上百只大红气球悬挂着标语，200张酒席整齐地摆放着。每桌十道菜。为了准备这十道菜，永福有关方面颇费心思，事先对各乡镇长寿老人尤其是百岁老人的起居饮食进行了详细了解，精心琢磨打造出一份既环保健康，又具永福地方特色的菜谱。罗汉果、三皇西红柿、百寿香菇、永安黄竹笋、苏桥马蹄、板峡竹鱼等永福特产罗列于席。菜名亦动了一番脑筋，每道菜都与一个乡镇及特产有关，分别是金玉汤（永福镇）、寿桃（桃城）、蘑菇献寿（百寿镇）、果汁鸡球（三皇乡）、佛果酿（龙江乡）、马蹄胶（苏桥镇）、常安宫丁（永安乡）、板峡竹鱼（堡里乡）、锦寿面（罗锦镇）、福敬亲人（广福乡）。每张酒席围坐着6位老人，桌布一律的红色，入席老人一概的红帽子，服务员端着托盘捧着餐具在席间穿梭忙碌。第31桌的105岁老人龙丽珍乃"千叟宴"上年龄最长者。在旁边一桌背对背坐着的是其儿子，母子俩同赴此"千叟宴"。71岁的儿子一边照顾老母亲，一边笑容可掬地让闻讯而来的各路记者给他们母子俩拍照……据说，历史上这样的情景在清朝曾出现过。1722年康熙曾宴请2417位70岁以上的老人。后来雍正、乾隆两朝也举办过类似的"千叟宴"。负责接待参加笔会作家的永福县委宣传部副部长黄德辉也是当地的作家，他向大家介绍说，为了参加这次"千叟宴"，许多老人由家人陪同提前好几天到县城，或住亲戚家，或住旅馆。不少从山里面来的老人是第一次到县城……作家们都是常年走南闯北的人，但看到这样的景象和听到这样的故事却都是头一遭。盛大的场面，喜洋洋的气氛，一张张布满皱纹的面孔舒展开来的笑容……永福人如此珍重传统，如此善待老人，令作家们激动和感慨不已。故乡在内蒙古的冯秋子拍摄过一些纪录片，此时颇为后悔没带摄像机，错过了这般生动和别有意义的纪录片题材。

2007年9月，"世界养生大会永福国际养生节暨第二届桂林永福福寿节作家创作笔会"举行，我又应黄继树先生之邀，约请中国散文学会常务副会长周明先生同赴永福参加笔会。我于15日先行到达，周明先生翌日从西安赶来。17日，主办方安排参加笔会的作家赴龙江乡采风。早晨，从县城乘车沿西江河谷前往。车窗外，秋阳下，山色青黛，倒映在两岸碧翠的西江上。江水忽而深不可测，忽而清澈见底，有如少女的妩媚婀娜。江山如此多娇，秀色这样可餐，周明先生一路"惊艳"不已。中午11时，车到龙江乡政府所在地龙山村，全体人员下车。稍做准备后，大家分乘皮划艇顺江漂流。我、周明先生和黄德辉副部长合乘一艇，三个人轮流划桨。我和周明先生一边欣赏美丽的江景，一边听着从这里的岸边一个小村子里走出去的黄德辉叙说在江上捉鱼和玩耍的童年趣事。从龙山村漂流到社边屯约一个小时，全程三千米，蓝天，白云，碧水，青山……满目胜景令人陶醉。此时周明先生的话语充满诗意："山水使人忘情，我已经忘情了……"

在社边屯，大家参观了民俗馆。馆里陈列着的各种农具和生活用具提醒着观众：这里的展品已经或正在成为历史，社边屯大踏步地迈进了现代生活。大家尤感兴趣的是社边屯村民惜牛乃至敬牛的风俗。村民们相信牛王是神的传说，每年农历四月初八是牛王诞辰，因此这一天村民不役牛。我想，这一风俗在深层次上反映的是一种众生平等、天地万物与人相和谐的民间宗教观或宇宙观。永福美好的自然生态，永福人的长寿多福，与这种平等心、慈悲心应大有关系吧。

因之前来过三次永福，我原以为永福的主要景点已全部欣赏过了。这天下午参观百寿镇穿岩村，我才知山外还有青山，景外还有美景。穿岩村的畀场犹如幻想中的神奇绝美的风光，呈现在我们的视野中，撞击着我们的心扉。穿过村外一个山洞之后，只见一群牛正随着牧人的牛角号声归来，而牛群身后不远处，是一片绿油油的天然草坪。我们惊喜地快步走向草坪，发现草坪上的草不仅整整齐齐，而且长得十分结实，双脚踩上去有地毯的感觉，正所谓绿草如茵。大家欢呼此地既是天然牧场，又是天然高尔夫球场。待到登上草坪旁边的山坡，更有惊人发现：草坪一块连着一块，一片接着一片，萋萋芳草向天边地平线蔓延……已是黄昏，作家们仍在羿场上徘徊流连，依依不舍。

从穿岩村回百寿镇上，经过江岩村小学，大家顺便下车参观。因已放学，校内看不见老师和学生。然而，看到各个教室内外张贴的洛克、普列汉诺夫、加菲劳、爱迪生、苏轼、朱熹、毛泽东、蔡尚思等古今中外名人的励志语录，着实令人感觉不凡。一个山村小学竟有如此的眼光、气概和胸怀，我想，这既来自永福的历史传统，又是永福现实的一种映照，同时，也必是永福"永福"的根基。

永福，美好的地方。与永福有缘，何其有幸。

紫云归来常看云

紫云之行,在暮春四月。

从北京乘三个多小时飞机至贵阳,再坐一个半小时的中巴车,就到了紫云县城。

午后的紫云县城,湿润的空气夹着花草的清香,阳光明亮得晃眼,天空湛蓝湛蓝,白云如山如原。从微寒和灰霾围裹的北京中来到这里,呼吸变得畅快,人也清爽起来。

一行人住的是县城新区,道路宽阔,高楼耸立。但放眼望去,新区还在大兴土木阶段,楼厦尚未成规模,但已让人感受到一种蓬勃的朝气和活力。

紫云县县名来自县城西的"紫云洞"。但此行匆忙,没能去紫云洞探秘览胜一番。从文字介绍得知,紫云县建制记载有近1400年历史,这里是苗族和布依族聚居地,清代在此置归化厅,1913年改为今名。"归化"而"紫云",不仅是两字之别,更折射着时代之变。

然而,时代的步履在紫云的行进是缓慢的,甚至颇为艰难。紫云,拥有如此诗意的名字的地方,如此空气清新、鸟语花香之所在,却尚未脱去贫困的愁容。在县城见到的旺景,还不足以代表当地全貌。紫云县政府的文宣,不隐"家短":紫云属特困地区,是国家新一轮扶贫开发工作重点县,也是全省14个深度贫困县之一。

在紫云行走,走的大都是弯弯绕绕的盘山路。紫云的山,让我想起故乡,那是广西中南部,也是喀斯特地貌。与广西喀斯特一山独秀平地起的发育类型不同,紫云的山多是连成一片,山顶尖尖,起伏甚为分明。紫云的喀斯特地貌与我国许多地域的山系有明显的区别,与北方一望无际的平原相较更是独特,很具有观赏性。但喀斯特地质都是石山石漠,即使南方雨水丰沛,石山多有植被,那植被也仅是薄薄的一层。紫云地处麻山大石山区腹地,与滇桂黔石漠化地区集中连片,这地理位置与地质条件,与紫云历史性贫困关系密切。而贫困又制约着人的文化素质。陪同我采访的小罗,是从紫云布依族村寨走出的一位90后,先是在安顺市里读书,毕业后回县里工作。我好奇她的名字里怎么有一"粉"字。她说名字是父亲起的,"粉"就是饭,父亲希望她长大后有饭吃。又问她父母的文化程度,她说父亲上过小学,母亲是汉族,没读过书。她的话说得平平淡淡,却听得我心惊而沉重。

向土地要饭吃，紫云确实先天不足。但紫云有的是不认命的人。火花镇关坪村坡汉葡萄基地，一根根水泥杆撑起的绿色葡萄藤和叶子挤挤挨挨，连山接岭，甚为壮观。在这里我们见到关坪村支书韦吉云。韦吉云是布依族，四十出头，个子不高，但人显得很精干。他向我们介绍了带领村民建起这个葡萄基地的相关情况后，领我们到了山下的村子。村子被葡萄园和树林围绕，错落分布着两三层的小楼，韦吉云指着其中一栋说那是他家，邀请我们进家做客。

韦吉云家一层的客厅，几乎没有装修，四面是光秃秃的水泥墙。我们边喝茶边聊天。从谈话中了解到关坪村有335户人家，1563人，人均耕地面积只有0.63亩。韦吉云曾经外出打工多年，回村后花20多万元买过一台挖掘机，每年能挣不少钱。但他觉得自己致富不是本事，让乡亲父老也富起来才更有意义。因此入了党，当了村支书。关坪村山高坡陡，地形复杂，耕地甚少，要想脱贫必须因地制宜，量体裁衣。韦吉云他们想出的办法是将地理劣势转为优势，利用本村荒山面积较大的特点，确定了紫葡萄种植为主的发展思路。现在关坪村种植葡萄2000多亩，还种有冰脆李800多亩，楠竹1500亩。在基础设施建设方面，基本实现了水、电、路全面覆盖。对低保户、老人、留守儿童和困难学生等，村里也积极关心救济。翻看茶桌上放着的韦吉云在一个脱贫攻坚培训班上的发言稿，其中的几句话甚为铿锵动人，是这样说的：贫穷并不可怕，可怕的是不怕贫穷；没有条件并不可怕，可怕的是不去创造；没有技术并不可怕，可怕的是不愿学习。

离开关坪村后，一路上我回味着与韦吉云的交谈。我想起唐代韩愈《争臣论》一文中所赞扬的那些不求于闻用,得其道不敢独善其身,而必以兼济天下的古代圣人贤士。韦吉云固然不能与那些做出了轰轰烈烈事迹的古代圣贤甚或某些当代农村能人相比,但在紫云这样条件的喀斯特山区,恐怕更需要韦吉云这样不求闻达、不计私利,为父老乡亲过上好日子而孜孜矻矻辛劳忙碌的带头人。

"天无三日晴,地无三尺平,人无三分银",这是关于贵州的谚语。在白石岩乡的湾坪村,我更为真切地见证了"地无三尺平"的情形。这是一个深度贫困村,有限的耕地被嶙嶙石山紧紧地包抄着,人们甚至无奈地向石头要地,把玉米等庄稼种在石缝里。看着石山上石头缝里一株株刚长出来一拃高的玉米苗,看着这些小小庄稼的顽强的生命力,想着这生命力背后的湾坪村人的生存意志,我陡然产生一种惊心动魄的骇然和悲壮感。

湾坪村党支部第一书记蒋兴新是从省政府法制办下派扶贫的干部。面对湾坪村的贫困现状,蒋兴新没有气馁,而是和其他村干部一起带领村民拓宽思路,绞尽脑汁想办法,千方百计谋脱贫。参观村里可集中饲养150头肉牛的养殖场,只见牛栏里一头头牛膘肥体壮。这些牛怎样喂养的呢?蒋兴新告诉我们,村里建了一座2000吨产能的秸秆综合利用加工厂,村干部号召村民种草种玉米,然后将其加工成青贮饲料养牛。我们看到村前山脚下的地里长着一丛丛绿草,有些奇怪。蒋兴新说,这些草叫篁竹草,能长得比人高,一年可以割四次,可用来喂牛,还可加工成饲料对外销售。养殖场的牛粪可用来培育蚯蚓养鸡和鱼,蚯粪、鸡粪用来种草和玉米等，这叫循环生态产业链。但养殖场也好，加工厂也好，都是属于合作社的，贫困户如何从中获益？答曰，贫困户可通过销售牧草、玉米秸秆，参加合作社务工，入股分红这三方面获得收入。因为这三项收入，部分贫困户已年增收上万元。

更让人惊叹的是，湾坪村还开发了50亩"白石岩微农场"，利用网络推销土地种植。具体做法是，从网上可认领"微农场"的土地，每分地800元，每分地所种的红芯红薯归认领人所有，认领人通过这种方式帮扶贫困户。红芯红薯收获后，又在互联网上发起"购买紫云红芯红薯，帮扶深山人家"的倡议进行推销。这一扶贫创意产生了惊人效果，天南地北许多志愿者纷纷认领，为这遥远大西南山区老百姓的脱贫奉献一份份爱心。红芯红薯远销京、沪等20个省市，为"舌尖上的中国"带来了"紫云风味"。

紫云人卖红薯都能卖出如此名堂，在白石岩乡的紫云文烁植保农民专业合作社，我们更眼见为实。合作社社长胡光友边指着桌子上成排摆放的红芯红薯，边介绍合作社的社情。从他的介绍中，我们知道了"紫云红芯红薯"还是国家地理标志产品。紫云文烁植保农民专业合作社于2011年成立，目前有社员45人。合作社对"紫云红芯红薯"实行标准化种植、储藏和销售，几十次到北上广深推介产品，大获成功，销售额达800多万元。"紫云红芯红薯"时下在京津冀、珠三角和长三角等地区市场的风行，我想，固然因其黄皮红芯、味道鲜美、药食兼用的营养学和药学价值，但应有另一原因，即紫云人的吃苦耐劳、质朴善良，还有他们的智慧终使精诚所至,金石为开。

紫云人知道,要实现完全脱贫,需要家家户户、点点滴滴的努力,也需要一些"大手笔"。在板当镇,我们见识了紫云人引进贵州百灵企业集团投资种植的万亩蓝莓园区。这里采取的是"公司+农户"的运作模式,通过土地流转,把贫困农户变成园区工人,然后把园区工人变成蓝莓园股民,最后是把股民变成蓝莓园的主人。

在紫云县城,有一处大门气派、楼群崭新、面积广阔之地,这就是紫云民族高级中学。紫云人对教育的看重是有传统的,紫云民族高级中学的办校历史,可追溯至清朝道光十八年(公元1838年),前身为归化梅花书院。2014年,紫云举全县之力筹资4亿元,征地350亩,建成紫云民族高级中学新校区。2017年,紫云民族高级中学成为省级示范性普通高中。学校各栋楼或以红字刻写,或以镜框悬挂古今中外格言和警语。"天行健,君子以自强不息;地势坤,君子以厚德载物。""人文底蕴,科学精神;学会学习,健康生活。""微笑面对他人,生活充满阳光!"……望着校内气势不凡的建筑,读着这些充满激情的话语,我感受到了紫云人对未来的殷殷向往。脱贫,是物质的改善,也是精神的提升,紫云倾全县之力发展教育,为告别贫困夯实了基础。

紫云归来,不知不觉一个半月过去。时常仰望北京的天空,那天上的团团云朵,让我想起遥远的紫云,想起紫云的天蓝云白,山绿水清,想起那里不低头,不认命,为最终摆脱贫困而拼搏着的人们。

尧庙幽思

尧庙在尧都。

尧都前称临汾市。2000年改称临汾市尧都区。尧都乃因上古尧帝定都于此而得名。唐朝张守节在《史记·正义》引《帝王纪》一书云:"尧都平阳。"平阳,临汾古称。

瞻仰尧庙,是仲冬时节的午后。日斜西天,雾霭蒙蒙,尧庙及庙前尧都广场西侧擎天竖立的华表益显肃穆。

尧庙初建于晋,址于汾河之西。晋元康中迁于汾东。唐朝显庆三年(公元658年)迁今址。唐至明、清多次修葺重建。1987年以后,历经三次重修,并新增尧都广场及华表。走上庙前尧门通道,只见两侧置放着象征日月星辰的石雕与二十四节气日历图，此设计表现了当代人对尧的宏伟贡献的认识。《尚书·尧典》记载：尧命令羲氏、和氏，"钦若昊天，历象日月星辰，敬授民时"。又分别命令羲仲、羲叔、和仲、和叔居住不同地方，观测星象，确定农节，即所谓"日中，星鸟，以殷仲春""日永，星火，以正仲夏""宵中，星虚，以殷仲秋""日短，星昴，以正仲冬"。尧并指示羲氏、和氏，"期三百有六旬有六日，以闰月定四时成岁"。此实为中国历法和二十四节气的初始形成。尤其是厘定一年为366日，并用闰月调整一年的长度与月的长度不完全对应的关系，我们不能不说这是一种通过对星象的长期观测与运算所得出的伟大发现和发明。这是我国古代长期使用的阴阳历的最早记载，也是中国天文学的萌芽。

进得山门，即为仪门。古时前来拜谒和祭祀的君臣百姓，于此"整冠弹尘，端庄仪表"。仪门甬道中间，是一条绘刻龙凤图案的"龙凤之脉"。仪门门额上题词"文明始祖"。仪门背面的"光披四表"四字题词，原为清帝康熙为庙内尧殿题写的门匾。史载康熙、光绪及慈禧曾御临拜谒。我头上无帽，无须"整冠"；衣着光鲜，似亦不必"弹尘"。然当门额上的"文明始祖"四字映入眼帘，不禁肃然端庄，步履放缓。

称尧为"文明始祖"，实乃意味深长。"文明"简而言之，是与"野蛮"相对的人类进步状态。尧所开创的文明，除了历法和节气，除了亲睦九族、平章百官、协和万邦，更有广纳民意和权力禅让的民主政治。尧使中华民族较早地告别野蛮，步入文明的进程。《史记》载，黄帝崩，其孙高阳立，是为帝颛顼。颛顼崩,其堂侄,即黄帝曾孙高辛立,是为帝喾。帝喾崩,长子挚立,其政微弱,故异母弟放勋立,是为帝尧。尧在位七十年后,令舜摄天子政二十年,禅让于舜,八年后崩。三年丧毕,舜正式践天子位,是为帝舜。虽然舜亦为黄帝后裔,然其族自颛顼之后,至舜已六世"微为庶人"。而尧舍其子丹朱而不用,举舜于庶民之中并禅让权力,亲手终结帝位世袭,何等难能可贵!司马迁的《史记·五帝本纪》写到这一段时想必心潮涌动,满怀高山仰止之情:"授舜,则天下得其利而丹朱病;授丹朱,则天下病而丹朱得其利。尧曰'终不以天下之病而利一人',而卒授舜以天下。""终不以天下之病而利一人",此语多么掷地有声!晚年的尧尽管已为舜避位二十八年,但他辞世时还是令整个部落极端悲痛。"百姓悲哀,如丧父母。三年,四方莫举乐,以思尧。"尧伟岸的人格、崇高的理想,垂范天下,教化来者。其后舜选贤任能,仁治天下,并最终禅让于禹,无疑是以尧作为榜样去激励与导引。司马迁赞叹:"学者多称五帝,尚矣。然《尚书》独载尧以来。"唐尧,正是以其开启的科学文明、政治文明与道德文明,被尊为中华民族文明的始祖。

走过仪门,迎面是五凤楼。五凤楼始建于唐朝乾封年间,现存的此楼为明清时期建筑风格。三层十二檐,有直通三层的角柱十三根。传说尧常与四岳、后稷、羲和、皋陶四位大臣登楼远眺,时人誉为"五凤",五凤楼由此得名。五凤楼下层三孔砖券门洞,直通广运殿。广运殿亦称尧殿,是想象中尧召见群臣的殿堂。殿内尧的铜制坐像两侧乃是与其并称"五凤"的四大臣。殿名取"广"以配天、"运"以配地之意。

殿前彩楼两旁悬挂"民无能名"四个大字，此为孔子赞尧之语，典出《论语·泰伯》。孔子一生周游列国，推行其"仁政"理想，最终却"未见好德如好色者也"，以处处碰壁黯然收场。他视尧为完美的帝王楷模、政治典范与人格样板。他惊呼："大哉尧之为君也！巍巍乎！唯天为大，唯尧则之。荡荡乎，民无能名焉。巍巍乎其有成功也，焕乎其有文章！"孔子常常以尧为衡量政治与道德的尺度。他感叹他所处的时代人才难得，而尧舜时期人才大量涌现："才难，不其然乎？唐虞之际，于斯为盛。"子贡问他如有人"博施于民而能济众"，可以说是"仁"了吧？他说："何事于仁！必也圣乎！尧舜其犹病诸！"他对子路谈到君子的标准是"修己以安百姓，尧舜其犹病诸！"——尧和舜还不一定能完全做到呢！此为激励之语。孔子既推崇尧，也赞美舜和禹。关于舜和禹，他还说过："巍巍乎！舜禹之有天下也而不与焉！""舜有天下，选于众，举皋陶，不仁者远矣。""禹，吾无间然矣。菲饮食而致孝乎鬼神，恶衣服而致美乎黻冕，卑宫室而尽力乎沟洫。"对于舜所作之《韶》乐，孔子也大加赞赏，认为《韶》"尽美矣，又尽善也"。在齐国听《韶》，"三月不知肉味"，感叹"不图为乐之至于斯也"！而对周武王所做的《武》乐，则认为"尽美矣，未尽善也"。这是因为，舜的帝位是由尧禅让而来，是一种和平的继承；周武王的天子之位是伐纣所得，虽然是正义的战争，却终归"未尽善"。孔子对舜和禹的颂扬，其实也是对尧的一种肯定。因为是尧成就了舜，自然也遗教于禹。正如《论语》所记："尧曰：'咨！尔舜！天之历数在尔躬，允执其中。四海困穷，天禄永终。'舜亦以命禹。"

孔子从尧和舜的身上，汲取了智慧、力量与激情；同时，我们也有理由相信，尧和舜彪炳日月的功德和光辉伟大的形象，一定程度上因为孔子而得到了更广泛的传扬。我国古代最早的史书《尚书》，记载了尧和舜的业绩。而据汉代学者所说，《尚书》由孔子编定。《史记·孔子世家》云："孔子之时，周室微而礼乐废，《诗》《书》缺。追迹三代之礼，序《书传》，上纪唐虞之际，下至秦缪，编次其事。……故《书传》《礼记》自孔氏。"并说："孔子以《诗》《书》《礼》《乐》教，弟子盖三千焉。"

广运殿前台阶两侧立着两根木桩，乃象征尧设立的"诽谤木"，亦称"华表木"。《辞海》引晋代崔豹《古今注·问答释义》："程雅问曰：'尧设诽谤之木，何也？'答曰：'今之华表木也，以横木交柱头，状若花也，形似桔槔，大路交衢悉施焉。或谓之表木，以表王者纳谏也，亦以表识衢路也。'"《后汉书·杨震传》云："臣闻尧舜之时，谏鼓谤木，立之于朝。"谏鼓谤木，不只是尧所开创的上古特色民主政治的一种形式，也是其中一项实质内容。尧舜之后历朝历代，"诽谤之木"犹存，乃至木柱为汉白玉所替代，华表愈加精致，愈加美轮美奂，然而其上所刻不再是谏言，而是象征皇权的云龙纹，成为皇家垄断的一种特殊建筑标志。专制独裁、密室政治，终使华表"华有其表"，沦为帝皇无限权力的装饰品。

凝视广运殿前的"诽谤木"，我不禁回想刚刚走过的仪门背面康熙的"光披四表"四字题词。此四字出处为《尚书·尧典》。康熙被称为历史上"明君"之一，然从北京移驾谒庙并题词，此举是诚敬，还是作秀？如果是发自内心，那么他景仰尧的什么？我想，最不会是想学习尧的禅让天下，也不会是要效仿尧广开言路的民主政治。中国的文字狱历史悠久，于清尤烈。康熙与其儿子雍正、孙子乾隆相比对文人还算"客气"，但从庄廷鑨明史案、黄培诗案、《南山集》案到说唱艺人徐转案，也凌迟、杖毙、绞死、处斩、戮尸了一大批，又流放、充军、发为奴仆了一大批。康熙心目中的"光披四表"是指何光，恐怕只有天知道了。

参拜虞舜殿与大禹殿，让人再次体会尧之"大哉"。德政泽润一代，伟业煌煌；传之二代，日月齐辉；传之三代，巍巍乎荡荡乎无能名焉。尧的伟大，在已开拓之功烈，更在举贤禅让、化育树人、全民议政。放眼当今世界，民主政治大势所趋，然而专制的幽灵、世袭的余孽犹冥顽盘踞。人类的政治文明，依然任重道远。

走出尧庙，已近黄昏。寒风微微，夕照稀薄。回望雾霭中古色古香的建筑群，万千思绪留在了那里，也带了回来。

湖神回来了

七月的一天，我们来到草海。

草海在黔西乌蒙山腹地的威宁，海拔2171米，是贵州省最大的天然淡水湖泊。草海形成于第四纪中更新世时期。在15万年的漫漫时光中，草海几经沧海桑田：从长江上游的一条支流，因河床塌陷形成湖泊，因漏水又成干涸盆地。清朝咸丰七年（公元1857年），威宁落雨四十昼夜，山洪夹沙，淹塞盆地，成南海和北海。咸丰十年（公元1860年），两海涨水汇合，名为草海。

从贵阳到毕节的路上，贵州的朋友已向我们讲述了草海。然而，当没有太阳的中午时分，竹竿撑划的小船破开蒲草掩映的水面，让我们感受高原湖泊凉爽的风。草海，依然神秘。

25平方公里的草海，是水下森林、水下草原。目前湖中浮游植物有近百属，众多沉水植物、挺生植物的种类、种群，为他处淡水湖所难以望其项背。作为"地球之肾"的湿地，草海育养浮游动物近160种。此外，还有底栖动物、鱼类、两栖类、爬行类等野生动物。

草海更是鸟之天堂。210种10余万只鸟以这里为家，或在这里栖息。这些鸟中，有黑颈鹤。

黑颈鹤，夏于青藏高原繁殖，冬于云贵高原越冬，只有少数个体冬季见于印度、不丹等国和中国邻接的地区。是中国特有、地球上唯一终生生活在高原地区的鹤类。1876年，俄国博物学家普尔杰瓦尔斯基在中国青海湖发现黑颈鹤，使得黑颈鹤载入鸟学史册。作为亟须挽救的濒危珍稀物种，黑颈鹤在中国国宝中和大熊猫、金丝猴同属一个量级。

贵州朋友说，黑颈鹤被称为草海的"湖神"。每年农历的九月初九飞来，三月初三飞走。它们在草海栖息约5个月150天。

现在是盛夏时节，黑颈鹤还住在遥远的青藏高原。我怅望着凉风吹拂蒲草摇荡的苍茫的草海，心中翻涌着遗憾。

草海的湖面，不时有鸟掠过，单飞，或是结伴同翔。我们坐的小船所到之处，都能看见一种像小母鸡似的水鸟，浮游在绿色的湖藻间，尖嘴频频地叮啄湖水。船家说，他们管这种鸟叫"洋鸡"。在不是百鸟过冬的季节里，"洋鸡"和其他留鸟点缀着草海的苍茫，使草海不会寂寞，使游人不会失望。

然而，我还是想着黑颈鹤。我手里拿着一本当地旅游部门印制的关于草海的彩色图册，封面是一群黑颈鹤正在水边草地上休憩，其中有几只正伸颈翘首蓝天，张喙鸣叫。它们是在呼朋引伴么？翻开图册，封二是湖面上群鸟低翔。其中三只黑颈鹤排成"一"字线凌空展翅，那黑白相间的身姿，那伸成直线的长颈与长腿，那整饬的队形，似乎是一种极具自我意识的飞行表演，多么优美，多么高贵，多么自豪！

黑颈鹤被称为"湖神"，是这样的恰切。鹤是神奇的大鸟，对于人类尤其是对于中国人来说，鹤并不仅仅具有生物学上的意义。鹤更是一种"文化鸟类"。在中国文化里，有着太多关于鹤的描述、传奇与寄托。《周易》中孚卦爻辞中诗意地诠释："鹤鸣在阴，其子和之；我有好爵，吾与尔靡之。"修身洁行且有时誉者称为"鹤鸣之上"，即自此而来。《诗经·小雅》中的《鹤鸣》篇也有名句："鹤鸣于九皋，声闻于野。……它山之石，可以为错。""鹤鸣于九皋，声闻于天。……它山之石，可以攻玉。"在诗里，鹤被喻为在野的贤人。作者劝告统治者要任用贤人，与他们商讨国是，让他们辅佐国政。西晋文人将军陆机，率兵讨伐长沙王司马乂，兵败为成都王司马颖所诛，临刑太息："欲闻华亭鹤唳，可复得乎！"华亭之鹤，遂成千古之悬想。前秦苻坚攻伐东晋不成，溃兵自相踩踏投水死者甚多，淝水为之不流。残部弃甲宵遁，闻"风声鹤唳"，皆以为东晋追兵已至，更狂奔不止。鹤，再次进入历史，以成语的形式将一次古代战役生动地传述至今。南朝宋大文人鲍照，有名篇《舞鹤赋》。文中叙写一只具有美好的风姿、高远的心志，曾以雄伟的气概"穷天步""践神区""振玉羽而临霞"的白鹤，从天上的仙境落入地上的网罗，成为帝王贵族的玩物。面对着穷阴杀节，急景凋年；面对着凉沙振野，箕风动天；面对着冰塞长河，雪满群山，白鹤只能于深夜寒冷的月光中顾影自怜。它身陷囚笼，更加强烈地向往自由。它于丹墀中唳清响，于金阁中舞飞容。时而连轩凤跄，时而宛转龙跃；时而踯躅徘徊，时而振迅腾摧；时而惊身蓬集，时而矫翅雪飞。然而，星离云罢之际，它只好整神容而自持。仰天居之高邈，无限地惆怅惊思。而它在这一时刻的美，令燕姬无颜色。著名的《巾》舞、《拂》舞为之而停，绝妙的丸剑表演为之而止。邯郸美人不敢伦，舞娘阳阿不能比。它令人想起春秋时期鹤乘卫懿公之轩，吴王阖闾葬女鹤舞而倾市。然而，纵使是这般的美丽，被拘禁的白鹤也只能无可奈何地"守驯养于千龄，结长悲于万里"……《舞鹤赋》既是作者有志难酬的自况，融入了鲍照的沉郁身世之感，同时也给鹤这一鸟类赋予了更为浓重的文化内涵。

鹤是吉祥之鸟。或许因为长寿，所以吉祥。古人有鹤寿百岁乃至千年之说。中国神仙传说中的仙人，不少是骑鹤往来遨游于云端。唐朝诗人崔颢《黄鹤楼》中的诗句"昔人已乘黄鹤去，此地空余黄鹤楼。黄鹤一去不复返，白云千载空悠悠"，千载流传，妇孺能诵。今人观察，有些鹤类如丹顶鹤，寿命为六十至八十岁，虽与古说不合，但于鸟族中亦已甚为长寿。龟龄鹤寿，松鹤延年，仍是今人挂于口头的吉语。

鹤是爱情忠贞之鸟。求偶繁殖季节，它们曲颈长扬引吭高歌，以歌声寻觅伴侣，求偶成功，终身不渝。古人相信，鹤如失去爱侣，将终生独身，郁郁寡欢，甚而绝食殉情。在一篇关于威宁的邻居——云南省昭通地区的农民保护黑颈鹤事迹的报道中，我找到真实的印证。这篇报道写于2007年，说的是：巧家县马树镇马树村团山社农民董发知有着50年的护鹤人生。20世纪50年代初，一个寒冷的中午，年仅七八岁的董发知在湖边放牛，发现不远处有一只雌鹤，因病在地上扇着翅膀站不起来。在雌鹤的头顶上空，一只雄鹤不停地盘旋鸣叫着，叫声焦急而凄凉，像在求助，又似在悲伤。董发知把雌鹤抱回家。而雄鹤一直悲鸣着跟到他家，在房顶上空盘旋，叫得人心寒，不吃不喝也不肯离去。第三天，筋疲力尽的雄鹤从空中一头栽下，在地上挣扎了一阵子，发出几声撕心裂肺的哀鸣之后便断了气……

吉祥的生命，永恒的爱情，使鹤自古便负载着诸多的文化符号，负载着人类的深沉寄托。作为濒危珍稀物种，黑颈鹤在今人心中不仅激起了一份情愫，还添了一份怜爱。而高贵的黑颈鹤，则以其"良禽择木而栖"的自由选择，考验着人类，并成为对生态环境乃至人类行为的一个评价尺度。"文革"期间，草海因放水造田，致使湖水下降，濒临干涸。百鸟因之远去，黑颈鹤更是踪影杳然。1982年，草海又筑坝蓄水，水面逐渐恢复。这一年，科学家首次记录有309只黑颈鹤在草海越冬。《贵州日报》的朋友告诉我们，去冬今春，来草海的黑颈鹤有1200多只。这个数字让人欣慰，据科学考察，每年在云贵高原乌蒙山区越冬的黑颈鹤有3000多只，而草海无疑已成为黑颈鹤最集中的过冬栖息地。

唐代诗人陆龟蒙在其《白鸥诗序》中曾慨叹："白鸥因水有鲸鲵之患，陆有狐狸之忧，以致不得命啸俦侣，不得澡刷尘埃,虽蒙人之流赏,亦为天地之穷鸟。"如今,在生物进化图谱上沦为濒危物种的黑颈鹤,亦可谓"天地之穷鸟"。然而,草海的黑颈鹤却是尊贵的"湖神",每年秋深露白,人们热切盼望湖神的归来。威宁人将碧绿的草海呈献给黑颈鹤,而黑颈鹤也给草海带来荣耀,它使水茫茫草莽莽的草海更加神秘,获得神性。"湖神回来了!"这一惊喜包含着几多深情,也包含着几多深意,几多反思,这是人与鸟的重新相互辨认,也是人与生态的重新友善和谐。

告别草海,我的心还在牵挂:黑颈鹤——湖神,你们还会回来么?

重游楚雄

初冬的 11 月，我又踏上了云南这片红土地。

此次入滇，是作为中国作家协会少数民族文学委员会和楚雄州文联组织的"中国作家彝州行采风团"的一员，和来自北京、辽宁、湖南和四川的几位作家一起到楚雄州参观采访。大家从各地飞赴昆明，下飞机后要先到昆明市内的楚雄大厦住两个晚上。我们在北京的四个团员同坐早上 8 点的国航航班。飞机降落在昆明机场后，走出机舱，望了望头顶上的蓝天丽日，大家都意识到身上穿的冬衣在这里已多余了。于是有的立即脱下外套，有的则将衣服纽扣都解开了，以拥抱昆明灼热的阳光。

楚雄州文联主席周文义、副主席熊望平等几位东道主专程到昆明迎接大家。周先生是第一次认识。他是楚雄土生土长的彝族人，健谈风趣，能抽水烟筒，酒量惊人，颇有彝族人豪爽的性格。熊先生则已是老相识，永远是一副微笑和憨态可掬的模样，待人也如他的面容给人的感觉一样。此语非客套。我初次到云南是在1992年，就是那时认识的熊先生。回京后很快收到他寄来的由他编辑的双月刊《金沙江文艺》。至今将近12年，刊物每本都不落地如期收到，而这12年间我与他再无见面也无联系，并且也没有为《金沙江文艺》或者他本人做过什么事情。因此，这次下飞机后见到熊先生，内心除了感动，还有惭愧。

采访楚雄州的第一站，是武定县。我们吃过早餐就从昆明出发。大约两个小时即达武定县境。我们的车过武定县城而不入，直奔狮子山头。狮子山是一个风景区，山路逶迤，森林茂盛。车子沿着山路盘旋而上，大家都贪婪地看着窗外优美的景色。这个时节云南的大部分地区还没有显露出冬天的迹象，但狮子山由于山高林密，气温很低，冬天已在山上落脚。车子在山上的狮子山饭店门口停下后，大家甫下车即骤然感受到冷空气逼人。然而，还未来得及更深体会这山上的寒冷，武定人火一样的热情已把我们每一个人紧紧包围。守候在这里的一群身着鲜艳民族服装的彝族姑娘和小伙，这时都吹弹起乐器，唱起祝酒歌，并给我们每一个人献上一杯酒。酒是地道的白酒，且度数不低。我们当中有不善饮酒的，尤其是两位女同胞，不禁暗暗叫苦。虽然楚雄文联的同志们悄悄对我们说喝不了一杯喝一口也行，可面对彝家人如此盛情,怎好意思推却?结果我们大都将杯中酒一饮而尽。

我们入住的狮山饭店依山而建,推开房间的窗子,黛绿色的树林即映入眼帘,山岚和地上腐烂的植被混合的气息扑面而来。各种不知名的鸟儿啁啾叫着,此起彼伏,宛若一种颇为有趣的合唱。从繁华的大都市,从喧闹的滚滚红尘来到此处,体验这大山、森林和百鸟营造的幽静,的确使人心生清凉,气定神闲。

然下午参观宾馆附近的正续禅寺,心境又起一些波澜。正续禅寺据传是明惠帝朱允炆(按年号又称建文帝)出家的地方。史载,明太祖朱元璋病逝后,嫡长孙朱允炆继位(其父太子朱标已死),年号建文。朱元璋生前将23个儿子和1个从孙分封为王,各自都拥有重兵,虎视眈眈,觊觎皇位,年轻的朱允炆感到自己无异于被放到火上烘烤。为了消除这种感觉,他只有削藩一途可走。正准备从周王(燕王朱棣同母弟)下手,朱棣来个先下手为强,举兵"靖难"。经过将近4年的战争,朱棣攻下首都南京,夺取大位,改元永乐。叔叔"永乐"了,侄子如何呢?史书叙述至此每每戛然而止。有史家如《中国大历史》一书的作者黄仁宇(其尚有名著《万历十五年》等)推测,朱允炆"可能在宫殿里失火时丧生"。不怪史家难下笔。因为明朝16个皇帝,太祖朱元璋葬南京,第7个皇帝朱祁钰孤零零埋在北京西郊,13个皇帝埋在北京北郊,即今被辟为旅游景区的明十三陵。而第2个皇帝朱允炆的下落至今仍是个谜。这也就为民间传说提供了多种版本。武定县乃至云南境内的民间传说是:在权力角逐中败于叔叔的侄子只好仓皇出逃。朱允炆一路南奔,最终到达狮子山此处。在这个传说里，武定人给予了失败的侄子以诸多的同情。这座刻下了历史的风雨水火印记而香烟依然旺盛的正续禅寺，就是这种同情的一个最好的证明。在民间传说中，朱允炆似乎赢得了道德上的胜利。不过，若从历史的角度来评判，与明朝其他皇帝相比，明成祖朱棣还算是一位有为之君。颇具讽刺意味的是，因反对朱允炆削藩而发动叛乱成功篡位的朱棣，登基后施行的仍是朱允炆的"既定方针"，即继续加强中央集权，削藩照削不误。他的一些哥哥弟弟即北方诸王被迁往南方，有的还被废为庶人。相信其中定有人因当初支持或袖手旁观朱棣打倒侄儿朱允炆而猛吃后悔药。朱棣靠谋反夺得皇位，他也害怕有哪个后起之秀以他为学习榜样，因此决定加强特务统治。在明初设立锦衣卫的基础上，又增设了另一特务组织"东厂"，并派亲信的宦官掌管。他干的大事还有：迁都北京，征集工匠、修筑北京城，如今的北京故宫，即大部分为朱棣在位时所建；派宦官郑和 6 次下西洋（郑和第 7 次也是最后一次下西洋已在朱棣去世之后），郑和最后一次航行比哥伦布发现新航路早 60 年，比达·伽马绕过好望角到达印度海岸早 66 年，史书称郑和是世界航海史上的伟大先导者，郑和下西洋之举"开阔了中国人民的视野"。但其中功劳，恐怕有一大部分要归于朱棣。此外，朱棣还进兵安南；5 次亲率大军讨伐蒙古，他本人即病死在最后一次讨蒙古南返途中。

狮子山本是一处大自然美景之所在，但一座正续禅寺，却给自然风光平添了一抹浓重的人文色彩。游览正续禅寺，会勾起人们许多历史的联想，引发许多家国兴衰和人生忧欢的深长叹息。

在狮子山上住了一宿，第二天一早又登车前往元谋。一路上，除了山还是山。但已看不到像狮子山上那样的茂密森林。沿途的山上虽然松柏郁郁青青，但看去显然树龄都不长，离长成参天的森林乃至雨林不知还要多少年。据说这些山上原来也是长着森林的，但大都被20世纪50年代末的那场"大跃进"剃光了。望着路边山上一棵棵矮小单薄的树木，大家的心情十分抑郁。

元谋是世界闻名之地。盖因1965年5月1日，来自北京的地质工作者钱方在距元谋县城约5公里的上那蚌村附近发现了两颗人类牙齿化石。此一发现堪称石破天惊：经科学家鉴定，这是两颗古人类牙齿化石，距今约170万年。人类在中国境内活动的历史因之推前了100万年。科学家们将这两颗牙齿的主人确定为直立人元谋新亚种，俗称"元谋人"。我国的历史教科书也为之改写："在云南发现的元谋人，距今约有170万年，是我们已知的祖国境内最早的人类。"

汽车把我们一行带到了上那蚌村当年"元谋人"牙齿化石被发现的遗址。这是一片只长着稀疏树木的赭红色山坡，分别立有标示钱方当年发现牙齿化石地点的碑石和"元谋人"遗址标志。在午后斜阳的照射下，这里显得格外燠热，即使仅穿衬衫也会出汗。机会难得，大家轮流在"元谋人"遗址标志前拍照留影。遗址标志是牙齿形状的石造建筑，其色彩大概是模仿"元谋人"牙齿化石出土的颜色，赭中带黄。在这颗直指苍穹的巨大的"牙齿"面前，留影的人显得很渺小。我想，这一景象不正提示：尽管现代人比祖先已进化了许多，文明了许多，但没有祖先们在远古恶劣凶险的自然环境中顽强搏斗、不息进取地生存繁衍，又何来现代人的文明进化？从某种意义上说，在刚学会直立行走的祖先们面前，现代人的确是微不足道的。这不仅因为我们的生命的源泉来自祖先，还因为养尊处优的我们，如果再面对远古那样的自然环境，是否仍能具有祖先们那样的勇气和毅力，恐怕不无疑问。

傍晚，我在元谋县城内的云南省亚热带经济作物研究所的招待所住下来。检查行李时，才发现一件T恤衫和一件衬衫已被遗忘在狮子山上的宾馆里了。向太太报告这一情况时，我轻描淡写地说，反正两件旧衣服也不值钱，丢了就丢了吧。太太问我要了狮子山饭店的电话，说跟他们联系试试。我把总机的电话号码告知太太，便将此事抛到了脑后。

元谋的土林，也值得一说。土林是云南的一景，是土地剥蚀沙化而形成的景观。主人安排我们游览了物茂土林。这是元谋开发最早、规模最大的土林。我们骑马穿梭其间，一路上只见土林被多年的风雨和日照雕刻成各种形状，似山，似塔，如城，如墙……马蹄嗒嗒，尘沙滚滚，忽而羊肠道，忽而小峡谷，游客一会觉得新鲜刺激，一会又是提心吊胆。游程结束，终是有惊无险。游完土林，细细琢磨，觉得这土林的由来似乎不妙，与人类的滥砍滥伐看来脱不了干系。对森林的摧残，对绿色的破坏，致使水土流失、土壤变质，在本是多云多雨、多江多河的云南也出现了这样裸露干裂的土地，实在令人触目惊心。

游览金沙江，使人又一次痛感生态环境的恶化。金沙江，多么富于诗意的美丽的名字！我们这一代人小时候就从课本里和课外书上熟悉了这一名字。因为20世纪30年代中国共产党领导的军队长征时路过金沙江，毛泽东写的七律《长征》中有名句"金沙水拍云崖暖，大渡桥横铁索寒"。我还记得上小学初读这首诗时，脑海里所遐想的金沙江是怒水奔腾、浪拍悬崖的壮美景象。本来游完土林后元谋方面要安排我们别的参观项目，但大家听说金沙江就在附近，就提议去看金沙江。去金沙江边没有柏油路，只有一条坎坎坷坷的小土路。一路上来往汽车卷起的灰尘遮天蔽日，并一股劲地钻进车厢，把车窗关紧仍无济于事。路途走不到一半大家都已是灰头土脸。有的同伴戏称今天在这里吃的土比之前加起来的还要多。来自长沙的唐女士说："当地老百姓天天都吃这么多土，我们就吃这一次算什么。"说得对。再说为了看那美丽的金沙江，吃土也认了。

终于到达金沙江边。元谋此段地势可能较为平缓，只见金沙江默默地流着，毛泽东诗中所写的"金沙水拍云崖暖"的景象没有出现。但那浩浩的江水，辽阔的江面确实壮观。大家还在停车处指指点点，我已抑制不住激动独自跑到江边掬起江水洗了一把脸。江水凉而不清。定睛细瞧，靠岸的水里有细小的沙粒。江边的沙滩并不是我原来想象的金黄色，而是一种灰黑色。再眺望江的两岸，不是童山濯濯，而是树木稀稀。金沙江为何不见金黄色的沙而是满目的黑沙？当地向导解释说，金沙江的得名不是因为沙是黄的，而是因为沙里有黄金。但沙这么黑，是上游四川的一家钢铁厂向江里排污的结果。呵，原来如此。我固执地想，如果不是那个钢铁厂，那么金沙江的沙可能就是金色的，或者是白色的。那个钢铁厂天天不停地向金沙江里排放污水废渣，就这么排了几十年。如今，污水废渣还在排，金沙江仍在被严重污染。我想，一条再美丽的江，如果遭到这样数十年如一日的污染，也要变得黧黑丑陋。尽管浩浩金沙江生命力顽强伟大，日夜兼程地奔流，但她还是无法淘尽如此巨量的污泥，无法洗清自己浑浊的面容，再现河底岸边那黄金的原色。她，无路可逃地黑了，丑了。当然，有问题的并不仅是那个钢铁厂。看看江的两岸草木稀疏的荒凉模样，就明白又是滥砍滥伐的报应。当地人士介绍，江对岸的村子是重点扶贫对象。我望着缺少绿色点缀而裸露在赤日下的那些低矮的房子，心想，面对远来的游客们兴致勃勃地欣赏的江景，这里的村民们恐怕早已麻木甚至有与游客相反的心情了。因为当贫困，尤其是环境导致的贫困使生活难以为继时，也许迁徙是更好的选择。

在土林景点外面的溪边，我们曾看见不少树化石。一位当地人说这些树化石至少也有几十万年的历史，大家听了都吓一跳，便各捡几块把玩，有的还准备带回家去。在金沙江边的沙滩上，则布满五颜六色、被大自然巧手绘出各种图案的小彩石。大家也欢天喜地地拣选着石头，觉得今天没有白来一趟。我想，如果元谋、云南乃至全国的森林资源都能像土林的树化石和金沙江的彩石一样保存下来，留给子孙后代，该有多好。那样的话，中国人民该有多幸福，我们的子孙后代该有多幸福。

离开了元谋，又赴楚雄州府所在地——楚雄市。车子进入市区后，目睹市容市貌，变化之大，令我大吃一惊。我

1992年初次到云南，那是为了采访在昆明举行的第2届中国艺术节。期间，利用空隙游览了大理和楚雄。在楚雄，主要是楚雄卷烟厂的朋友接待，我和几位记者同行吃住都在烟厂，因此我们对楚雄的印象也就是一个卷烟厂。楚雄的市区街道没有特意逛过，但从车上望去，感觉还是一个比县城大不了多少也好不了多少的城市。近12年后的今番重游，楚雄已脱去旧貌，改换新颜：林立的高楼、笔直的马路、繁华的商铺、清洁的街道……俨然是沿海发达城市的模样。我们住的雄宝大酒店，修建得金碧辉煌。楚雄州博物馆、彝族太阳历文化园，向人们呈现着这片红土地所蕴藏的深厚的民族文化。在建筑上，也都是恢宏华美，气势不凡。

在楚雄市区，我们还见到一座建筑，看门牌知道这是楚雄市政府行政审批综合办公处。楚雄州文联主席周文义先生告诉大家，市政府各部门都有人在里面办公。我们问在里面办公的人能不能拍板。周先生说能拍板，效率很高。采风团里的彭兄感慨地说，他所在的那个城市也搞了这么一个办公处，但坐在里面的人并没有权力拍板，结果到政府办事比原来又要多跑一个地方……我们接下来参观了楚雄天然药物产业园区和几家现代化的制药厂，听到了企业家对当地政府的好评；还看到楚雄经济技术开发区的《投资指南》上的"项目审批程序"一页写着：开发区建立行政公示制和时限制，实行一站式审批。上面所列出的审批时限最长的不超过5天，最短的仅1天。这从一个侧面证实了周先生所言不虚。

在楚雄期间，我们还赴南华县龙川镇岔河村采访，与彝族村民们一起跳"左脚舞"，喝大碗酒。还参观了"姑娘房"，见识了彝族青年男女社交和谈情说爱方式的开明和开放。夜晚,走上楚雄街头,看彝族市民们的文化娱乐生活。只见人们围成一圈圈,每圈都有几十人上百人,唱着跳着本民族的歌舞。"左脚舞"舞步简练,适合群舞;彝族歌曲流畅明快,富于感染力。这么多人同歌共舞,在公园街边华灯映照下,掀起一阵阵欢乐的高潮,场面甚为热闹动人。也许正是靠着这歌舞,彝家人才能克服艰苦的自然条件,创造出新的生活,并建设了一座现代化的城市。楚雄的变化显然具有这样的内涵:一方面,在文化上要守护民族特色和地域特色;一方面,在施政上要抛弃传统农业社会的低效率和慢节奏,实现物质文明建设的跨越式发展。不过,生态环境今后应成为一项重要的衡量指标,那种以牺牲生态为代价的发展模式决不能再出现了。同时,在建设城市的同时,也不能忘记农村还有许多贫困的人口,不能忘记金沙江边那些生存艰难的村民……

10天后,楚雄之行结束。返回北京家中,太太相告:在武定狮子山上落下的那两件衣服,狮子山饭店的工作人员已寄回。我听后一愣。

是夜,又梦回楚雄。

第二辑

上林忆想

不像北方,这里的天空要低得多,阳光要湿润得多。如十月怀胎般漫长的雨季使得这里的天空,在丰沛的雨水中向大地俯下身来。被天空深情地凝视和亲吻的大地,生长着一片片的相思林,怒放着火红的木棉花,还有数不清的种种异树奇卉。这里的地理条件是优越的,北回归线拦腰穿过,南亚热带季风吹拂着群山与河流。

"你的老家,徐霞客在那里住了54天,想来很美啊!"北京的友人这样赞叹,让我一时有些愣神。老家,即上林。徐霞客是1637年到上林考察,距今已375年了。然而,上林人想起徐霞客到过上林,好像才是近年的事。

在上林生，在上林长，离开上林时，我已是16岁的少年。但是直到高考那年负笈远游，并无听到有人说起徐霞客。难道是上林人忘记了三百多年前关山迢递风尘仆仆来此荒僻之地考察的这位江苏人？可能。但是曾经忘记徐霞客的或许不只是上林人。20世纪70年代之前出生的中国人，都曾经历过某种对历史的遗忘。

那么多的阳光，那么多的雨水，即使不用专门照料，各种植物也能在上林的土地上茁壮成长。七八年前，在西北某省会城市到机场的路上，我看到一座连着一座的光秃秃的山峦，路两旁倒是种着一些树。然而，那些树在我的印象中还没有一个人高，而我却被告知那些树已长了二三十年了。千难万难是因为没有水。也许是上林的雨太多了，树太容易长高了，人们也曾经不那么珍惜。20世纪50年代后期，一场席卷全国的大炼钢铁运动，使上林的一片片森林倒下，一座座童山突起。

飓风呼啸，无可阻挡，这怪不了上林人。但缺少了森林的环境，改变了人的生活，进而也改变了人的心理。幼小时，曾在澄泰乡外婆家度过许多时日。听母亲说，她小时候村里村外都是树，果树尤其多，龙眼、沙田柚到了成熟季节，大家都是往撑了吃。后来砍去炼钢铁了，龙眼只能尝尝，而沙田柚再也吃不着了。

一天，在离村不远的河边发现了一棵柠檬桉幼苗，在周围一丛丛草中，这棵小小的柠檬桉显得那样的孤单，又是那样的惹人爱怜。我小心翼翼地用一根树枝把它连着泥团挖了起来，带回家种在屋旁的山坡上。之后几乎天天都会去看它，有时会给它浇点水。在我的殷勤照顾下,它长得极快。一年后,一棵高高的柠檬桉站在了我家屋旁的山坡上,虽然树干还不是很粗,但它那亭亭玉立地向着天空伸展的样子,那全身散发着的浓郁的香气,给童年的我带来了无穷的快乐。然而好景不长,一天,从家门口望向山坡,我的那棵柠檬桉不见了。我急忙跑到坡上,只见树已从根处被砍倒,一位村中长辈正手持一把斧子继续砍削树干上的枝杈。颇为仔细地干完这些活后,长辈将已变成一根光溜溜木杆的树干扛在肩上,迈着沉稳的步子向他的家走去,丢下身后一堆横斜逸出的树枝,还有满腔悲愤的树的主人——一个11岁的孩子……

这件事跟徐霞客有关系吗?如果让时间倒流回70年代,11岁的我会问:"徐霞客是谁?哪位长辈呢?"可以肯定当时的我会重复这样的提问。所以今天叙述这件事情,我的心中并无怨恨。

徐霞客生前及方死,是有一些理解与欣赏他的亲友和读者的,如同其族孙徐镇所说:"于时名人巨公,莫不乐购其遗编,当卧游胜具。"但到清朝乾隆四十一年(公元1776年)《徐霞客游记》由徐镇正式刊刻出版,已是徐霞客逝世135年之后的事了。而且,在天灾人祸频仍的近代和现代中国,对徐霞客感兴趣的,也不外是所谓"名人巨公"之流。徐霞客这个名字与普罗大众发生关联,被大众所记忆,在之前的中国历史上,缺少契机,也缺少理由。这位明朝人,地理学家、旅行家、探险家,在漫长的历史里,离政治很远,离民生也很远。

2012年夏,一个酷热的午后,"上林县徐霞客旅游文化研究会"的牌子被挂在上林县老年文化活动中心的门口,我是揭牌者之一。

徐弘祖,字振之,号霞客,江苏江阴人。在其51岁之年,开始西南之旅。迢迢万里,高而为鸟,险而为猿,下而为鱼,饥餐云烟,渴饮雨露,历江苏、浙江、江西,由湖南入广西。踏进上林县境,驻足将近两个月。上林缘何能留住徐霞客这么多天?

"西望双峰峻极,氤氲云表者,大明山也。"崇峻巍峨、云遮雾绕的大明山却没能吸引徐霞客前去探察一番。仅是上林的三里一地就让他流连不已,51天都是在三里度过。三里,典型的石灰岩地貌。一座座山平地拔起,孤峰耸立而又遥遥相守,望去令人惊亦令人奇,有所得亦有所思。曾听上林同乡自夸:"都说桂林山水甲天下,也不过是桂林的山像三里的山罢了!"语气里有些调侃,但见惯了三里山水的上林人,真的是不会把桂林山水当回事的了。连徐霞客在游记里也这样说:"有一峰当坞起平畴中,四旁无倚,极似桂林之独秀……在城南四里,此地有三独山……省中之独秀无此峭拔,亦无此透漏也。"

三里的美还不止于山秀。徐霞客在这里受到了江苏老乡、参将陆万里的盛情款待。其时明廷为镇压上林、忻城的八寨起义,置参将于三里,并开府建衙。陆万里是江苏镇江人,已镇守三里六年。徐霞客于明朝崇祯十年(公元1637年)十二月二十一日进入上林地界,二十二日到达三里。翌日,即给陆万里写信。陆万里收信后,当天即令手下持名帖来请徐霞客入府做客。徐霞客"为道乡曲,久之乃别",他乡遇老乡,两人颇有惺惺相惜之感。第二天,陆万里派人送来手书,约徐霞客再叙。当天下午,即在参署宴请徐霞客,并请其弟陆玄之作陪。第三天,陆万里请徐霞客下榻参署东阁,并馈赠包括衣裤鞋袜在内的众多用品,"谆谆款曲,谊逾骨肉焉"。陆万里陪同徐霞客游览三里城西十里远的韦龟岩。之后,或陆万里兄弟俩,或其孙子,或其部下,陪同徐霞客游览考察三里的山川岩洞。徐霞客辞别时,陆万里为他选择吉日,让内侄和孙子分别设宴为其饯行,并为徐霞客表演骑马射箭等军事本领。徐霞客离开三里的前一天,陆万里又亲自为其饯行,赠送厚礼,还有便利通行的证件和推荐信,"极缱绻之意,且定久要焉"。离开三里当天,陆万里还亲自为徐霞客治装,饭后送至辕门,并命数骑相送。陆万里如此厚待,令徐霞客万分感叹:"何意天末得此知己!"

让徐霞客心醉的还有三里的树。三里"土膏腴懿,生物茁茂,非他处可及。参署四围乔松百余株高刺云霄,大可三人抱,余疑数百年物,考之碑记,植于隆庆初建帅府时,栽逾六十年,其巨如此,为良区异壤可知"。"木棉树甚高而巨,粤西随处有之,而此中尤多,春时花大如木笔,而红色灿然,如云锦浮空。""相思豆树高三四丈,……其子如豆之细者而扁,色如点朱,珊瑚不能比其彩也。""竹有中实外多巨刺者,丛生而最大。有长节枝弱不繁者,潇洒而颇细。"

友情乡谊,连同绿水青山,连同参天的乔松、似火的木棉、艳丽的红豆、窈窕的细竹,挽留了徐霞客。树美亦因人善,因人对树的栽培、爱惜和呵护。徐霞客关于三里之树的赞美,也使得几百年前的上林先辈们珍护生态的善心懿德随之遗响后世，流芳天下。

56岁的人生有54天在上林度过。纯属偶然？或命中因缘？徐霞客西南之行，虽经周密准备，但正值明朝统治大厦将倾之前夕，一路险象环生，状况连连。明朝崇祯九年（公元1636年），九月十九日从家乡江阴坐船出发时，有一僧二仆同行。江阴迎福寺的僧人静闻，刺血写《法华经》，发愿供之于云南鸡足山，所以随行。两个仆人一姓顾，一姓王。十月五日，王仆即难耐苦行，悄悄离去。翌年二月，一行三人在湖南新塘遭遇强盗，所乘之船被强盗烧毁，静闻和顾仆受伤，三人行李丢失净尽。进入广西境内，静闻伤病恶化，九月卒于南宁崇善寺。静闻留下遗言，托徐霞客将其骨灰带至鸡足山掩埋。徐霞客忍痛负静闻骨灰继续西行，并作《哭静闻禅侣》诗六首，其中悲叹："西望有山生死共，东瞻无侣去来难""别君已许携君骨，夜夜空山泣杜鹃"。十二月二十一日，徐霞客主仆二人抵达上林县境，在上林一住就是54天。之后，渡红水河，经宜州、河池、南丹入贵州。在贵州丰宁，遇两土司争斗打仗，盗贼塞途。进入云南后，两度绝粮。徐霞客于明朝崇祯十二年（公元1639年）四月二十七日的游记中颇为生动地记述："至是手无一文，乃以褶、袜、裙三事，悬于寓外，冀售其一，以为行资。久之一人以二百余文买绸裙去。余欣然沽酒市肉，命顾仆烹于寓。"然而，顾仆还是无法忍受这种苦不堪言的日子，最终于云南行之途中抛弃主人，并将徐霞客行李箱中之所有掠取一空逃回乡。徐霞客伤感地说："离乡三载，一主一仆，形影相依。一旦弃余于万里之外，何其忍也！"也许是此次十万余里之西南行途程过于艰困险恶,身心备受打击摧折,徐霞客在云南期间忽发足病,无法继续行走天下了。被丽江木太守派人送回家乡后的徐霞客双足俱废,唯卧游而已。他置怪石于病榻前,终日摩挲相视。对前来探病者,他说,能以一介布衣而与奉天子之命出游之汉朝张骞、唐朝玄奘、元朝耶律楚材"三人而为四,死不恨矣"。当其闻悉被其尊崇为"字画为馆阁第一,文章为国朝第一,人品为海内第一,其学问直接周孔,为古今第一"的友人、谪任江西按察司照磨的黄道周被崇祯下狱,即遣长子长途跋涉前往探看。三个月后长子归来,述说黄道周案情及狱中景状,徐霞客听后据床浩叹,绝食而亡。

徐霞客的一生,潇洒至极,亦苦辛至极;死而无恨,亦死而有恨。但在上林的54天,应是他游历生涯中一段愉快的时光。当他于生命进入倒计时之际,摩挲端详病床前的怪石,回顾云游遐荒瞻星览月的此生,脑子里应该也闪现上林秀美的山川、奇丽的花树与淳朴的民风吧。作为上林人,我为此而心安。

然而,在烽烟连天、兵燹遍地的年代,在意识形态口号纷飞的激昂亢奋的岁月,徐霞客只能淡出人们的记忆。徐霞客被国人重新记起,需要历史的机缘。"癸丑之三月晦,自宁海出西门,云散日朗,人意山光,俱有喜态……"《徐霞客游记》如此开篇,突然有一天让浙江宁海人自豪不已。2002年起每年都举办"中国宁海徐霞客开游节"。《徐霞客游记》首篇的开篇之日——5月19日,自2011年起,被国务院定为每年的"中国旅游日"。远离徐霞客故乡的上林人,也蓦然想起自己的这方水土与徐霞客有着深深的交情。于是徐霞客游记中关于上林的部分被印制成精美的册子，徐霞客的名字被当作上林的一张名片，徐霞客的轶事掌故被广为搜罗，飞入寻常百姓家。在这个崇尚徐霞客的时代，但愿还会带来一个风尚，即不再有人毫不心疼地砍掉一棵风华正茂的树。

白圩镇爱长村智城遗址。夕阳西下，暑气犹盛。只见入口内荒草萋萋，野花点点。一方清幽的池塘向南延伸，与清水河连接，群群白鸭浮游水面。池塘里，几只水牛把大半身子潜在水里，只露出头和两只角，在悠闲地消暑。入口前的草地上，还有三两头牛在不急不忙地啃草。远处水岸大片的绿色，是树丛和庄稼。进入外城之后，方望见北面的一道坍垮的城墙将智城分为内城和外城。内城三面环山，山形如刀削斧劈，俨然天然屏障。外城东面的山岩上，夕阳、荒草、野花和静水，使摩崖石刻《智城碑》显得有些落寞。

走近《智城碑》，一边辨认斑驳的碑文，一边思索此碑的意义。智城是唐代澄州刺史韦厥隐居之所，也是其后裔唐代廖州刺史韦敬办的庄园。智城遗址、《智城碑》和同为唐碑、位于澄泰乡洋渡村剥庙山山脚一岩洞中的《六合坚固大宅颂》，堪称"上林三宝"，为全国重点文物保护单位。《智城碑》刻于唐朝武则天大周万岁通天二年（公元697年），由廖州刺史韦敬办撰文并序，无虞县令韦敬一刻制。碑文内容乃夸赞"直上千万仞，周围数十里。昂昂焉，写嵩岱之真容；隐隐焉，括蓬壶之雅趣"的智城及周边形胜，颂扬韦敬办"性该武禁，艺博文抠，观祸福于未萌，察安危于无像"的多才和英武。《智城碑》的历史、民族、民俗、文学和书法等等价值已获公认。汗水涔涔地徜徉在智城遗址，我想着另一个问题：徐霞客如果光顾此地，将会如何落笔？

"君未睹夫巨丽也，独不闻天子之上林乎？左苍梧，右西极。丹水更其南，紫渊径其北……"

远眺智城南面苍茫的水色和田园光景，不由得想起汉赋大家司马相如名作《上林赋》。但彼上林非此上林。司马相如夸张宏丽之辞，铺写的是始建于秦始皇嬴政扩建于汉武帝刘彻的皇家园林上林苑，地跨陕西长安、咸阳、周至、户县（今西安鄠邑区）、蓝田五县，纵横三百里。而家乡上林，是广西南宁市的属县。上林县自唐朝武德四年（公元621年）得名，比上林苑晚了800多年。然而，今天的上林人还是应当感谢司马相如，他的《上林赋》使得"上林"二字响彻古今。况且，安知唐高祖李渊于原岭方县地置方州，析岭方县地置上林等县隶之时，李渊或者其朝廷官员对上林县的命名，不是因为脑海里有个上林苑？上林苑自秦至西汉，在中国历史上大约存在了240多年，至东汉初期已成一片废墟。"诗家清景在新春，绿柳才黄半未匀。若待上林花似锦，出门俱是看花人。"杨巨源的这首《城东早春》，印证着唐人对上林苑的憧憬和钟情。

上林，一个富于诗意的词，一个很美的词，把西北和岭南联结在了一起。我把它当成一个意味深长的象征，一个极其美好的寄托。西北的上林，无论是巨丽的园林还是火后的废墟，无论是秦、汉，还是唐，都是首都的一部分。岭南的上林，是唐代的交通要道，从长安到交趾（今越南北部）的路线，经由宾阳、上林、南宁再到交趾。《智城碑》碑文上有武则天颁布的六个新字。千百年来，上林与中国的政治和文化中心的紧密联结，犹如一条条血管，与祖国的心脏一起搏动。

　　行万里路的徐霞客来到上林而足不出三里，或许还因为一种美丽的鸟。"三里出孔雀。"徐霞客游记中的这句话，开启我无边的遐思。五彩斑斓的孔雀，被印度人当作鸟国之王的孔雀，被中国人视为凤凰原型的孔雀，还能在这片土地的上空飞翔，在这片土地的草丛花间漫步吗？上林，载着古代先人吉祥的心愿，你能否使北方逝去的壮丽园林又在南国像神话般复活……

回望高眼山

客居京华,乡思时常袭上心头。每当思绪南飞,或长夜里做着思乡的梦,高眼山便历历如在眼前。

高眼山是我故乡的村子附近最高的一座山,它与周围的群峰一起,构成横亘桂中地区的大明山的一部分。高眼山上遍布松柏,盛长蕨类植物,其他各种树木花草也很繁多。鸟鸣喈喈,时有走兽奔窜其间。溪流潺潺,春夏秋冬从不干涸。从村后再经过几个山包,便到了高眼山脚下。乡亲们在山上放牛、砍柴、打"野味",依靠着高眼山丰厚的资源送走一个个岁月。

高眼山上有我的童年。童年时代正是"文革"期间,故乡是普遍的贫穷。高眼山上的金银花和一种当地俗名叫"地青草"的地衣类植物招引着一拨一拨的孩子。金银花和地青草可以入药，采摘于夏秋之际。在星期天和假日，我和伙伴们常常成群结伙兴冲冲地爬上高眼山，搜索"围剿"着山上蓬勃生长着的金银花和地青草。当竹篓里装满黄色的金银花和蓝色的地青草时，每个人的心中都欢喜异常。这些辛辛苦苦采摘回来的中药材晒干后并没有多少，拿到集市上卖给药材收购部 0.5 公斤只有一两元钱。对于我们这些穷人的孩子来说，这点钱已是一笔很大的收入，在当时足够买一个学年的作业本了。

我曾不止一次单独上过高眼山。小学时，学校里经常给学生布置拾牛粪和打柴草的任务。一天，我独自在高眼山上捡牛粪，突然老天爷翻脸，倾泻下瓢泼大雨。一时间天昏地暗，雨雾横飞，山洪大发……我躲在一块巨大的岩石下面，一边忍受着山间蚊子臭虫的叮咬，一边张望着四周烟雨茫茫的晦暗得可怕的群山。蓦地，一道闪电划过天地间，紧接着一个霹雳炸响，地动山摇，草木变色……在紧张、兴奋和恐惧之余，我心中升起一种成长的感觉：我一个人经受了大山的壮美和恐怖……

高眼山这一名字的起源已无从考据。顾名思义，也许是站在它的山顶上能高瞻远瞩的意思。然而高眼山顶常常云雾缭绕，成年人从山下爬到山顶上也要两个小时，因此很少有人到过山顶。小孩们脚力小，每次爬山最多上到山腰。山顶既然可望而不可即，大家就生出了许多想象。大家很相信这样一个说法——站在高眼山顶上朝南望可以看见南宁。小孩们大都连县城都没去过,南宁在大家的心中是一个极其神圣的地方。终于有一天,我和一个小伙伴再也经受不住眺望南宁的诱惑,决定爬上高眼山顶峰。那是一个星期天的上午,我俩头戴草帽,脚蹬凉鞋,在大人出工后溜出家门,从村后七弯八绕到了高眼山跟前,然后在夏日骄阳的照耀下颇为悲壮地向上攀登。从山脚到山腰有一条被人踩出来的弯弯曲曲的羊肠小道,而到了山腰后就几乎再没有路了。山坡又陡又滑,望着旁边深不可测的山涧,听着不知从什么地方发出的高一声低一声的鸟啼,我俩越往上心里越发毛,好几次想连滚带爬顺原路逃回山下。然而要看南宁的念头实在太强烈了,我俩最终还是气喘吁吁、大汗淋漓、腿颤脚软地上到了山顶!山顶是一块颇为平坦的小草坪,密密地长着齐腰高的茅草。我俩踮起脚跟左顾右看,一阵阵失望撞击着心头:南面除了山还是山,一座座山向远方连绵着遮挡着视线……下山后,我俩极力隐藏住内心的沮丧,用一种肯定的口气告诉小伙伴们:站在高眼山顶上并不能看见南宁……

20 余载弹指一挥间。如今,故乡也发生了不小的变化。交通已较为发达,从南宁到我们村子,坐汽车仅需两个多小时。村里的年轻人外出打工的也很多,不仅南宁,就是北京、上海、广州、深圳这些地方,也留下了他们的足迹。不少人家里盖起了楼房,日子比 20 多年前好过了。只是不知道,村里的孩子们,对村后的高眼山是否仍有些许神奇的想象。

故乡在打官司

故乡是桂中的一个壮族村子。在那里,我生活了十几年。那时,正是"文革"及"文革"结束一两年的时期。

当时的故乡和全国各地农村相比,虽不富裕,但也不算很穷。因为盛产水稻,乡亲们粮食总是丰足的。尽管那年月到处"割资本主义尾巴",规定农民养鸡养鸭不能超过多少只,还挨家挨户检查,多了要充公。但毕竟也允许养那么几只,加上家家户户都养有一两头猪,逢年过节全家老小也能吃上一顿较为丰盛的饺子了。

种水稻是很苦的。从播种到收获,要经过多道工序,需要非常耐心细致的田间管理。每一道工序都要求农民赤脚下到田里去。而田里总是蓄满了水,水里游动着许多蚂蟥和其他昆虫。只要下到田里,蚂蟥就蠕动着蚯蚓似的身躯向人的腿脚贴近过来,粘在皮肤上大吸其血。这些蚂蟥用脚甩甩不掉,动手拔也很费工夫,被叮咬的地方就流出殷红的血来。蚂蟥很多,有时候从田里劳作回到家里,要洗脚上床时才发现腿脚的某个旮旯里还粘着一只已养得肥肥胖胖快要胀破肚的家伙。此外,在田里踩到各种荆棘尖刺甚至蛇也是很寻常的事。

乡亲们一年四季就这样和田地打交道。南方的水稻一年要种两造,实在没有空闲的日子。从事这样艰苦的劳动,人们自然都培养出勤劳的品格。我在故乡那些年,我们300多人、100多劳动力的生产队,每年交售国家十几万斤稻谷,为我们这个人口众多的国家做出了一份贡献。

我常常感到故乡的农民是很了不起、很伟大的农民。客居京华,关山万里,但我和故乡的联系一直没有中断。我知道这些年的改革开放也使故乡发生了很多变化,不少人家盖起了楼房,心里着实为长年累月辛苦劳作的乡亲们感到欣慰。

某日,接到一位在中学当老师的乡亲来信,告知故乡在打官司。接着,又有几位族人来函告急。几番鸿来雁往,方知事情的来龙去脉。

故乡背靠巍峨群山。春夏时节,山上草木葱茏,繁花遍地,万紫千红;秋冬之季,也是松柏森森,枫叶盛红,尽染层峦。然而纷争也便因这山引起。故乡原来的生产队实由一大一小两个村子组成。包产到户后,生产队已由一个变为四个,原来的小村自然也自成一个单元了。于是原来共有的山林如何归属便出现了争议。

争议本也是没有的。因为在20世纪60年代两个村合并前,这些山林的归属已由政府划分清楚,现在两个村再次拆开,以前划分的山林各归其主便是。较小的那村本也无甚异议。诉讼起因于水的问题。我老家所属的较大的村子在自己的一座山上修了一个蓄水池,用管子将水引到各家各户,这样村里也就有了干净的自来水饮用,再也不用到村口的很不清洁卫生的露天水井挑水喝了。较小的那村见了,也想在吾村的山上建池引自来水,请求吾村人看在同宗乡亲的份儿上点头允许。哪知吾村人不知出何考虑,竟不应允。于是,怒不可遏的小村人一纸状书将吾村告到县法院,状书上说吾村那座山原属小村所有,兹请求法院主持公正将山林归还该村云云。

官司像一场马拉松赛。先是吾村胜诉,小村不服,告到上一级法院。上级法院判决由县政府行政处理。于是县政府发文将此山及其他一些山林划归小村。吾村人惊呆了,之后开始上诉。

这场官司使吾村和小村通往县城和省城的路热闹了起来。拖拉机和汽车一次次将两个村的村民们拉到法院,陈述、作证、庭辩、旁听,倒也让两个村原先很闭塞很孤陋寡闻的村民们大开了眼界,增长了许多见识。一位乡亲的感慨便成为两个村的人们传诵不衰的名言,他说:"进一次法庭就像读了一回大学。"

四五年过去,官司至今仍在进行。互不服输的漫长诉讼使两个村很多本来就不殷实的人家濒临倾家荡产的边缘。两个村人还开始互相敌视,开始老死不相往来了。

某日,又一封急书飞到了我的手中。信中以吾村全体乡亲的名义呼吁在京工作的我出来助一臂之力,具体做法是给县领导或更高一级的领导写封信,让他们撤销那份对吾村不利的县政府文件云云。

我唯有苦笑而已:无职无权一介书生的我,有何能耐收回一份已正式下达的县政府文件?虽说居京这些年也为县里做了些事情,但毕竟是两回事的。

我不怪乡亲们病急乱投医。我只是希望我的那些吃苦耐劳又可亲可敬的乡亲们,好好寻思一下这场官司是如何引起的?在这场手足相煎的拉锯战里,大家真正获得了什么,而又失去了什么?

每当我凝神静虑,遥想我依山傍水、四季花香的故乡,耳边仿佛总是回响着那位乡亲的感叹:"进一次法庭就像读了一回大学!"我内心祈祷着父老兄弟们在重复这一苦涩而又不乏精辟幽默的感慨时,能仔细品咂出它更深长的意味。

谁最让人敬畏

1月20日,我们一家三口携带大包小包,搭乘出租车到达北京西客站准备南下过年。正值二十四节气的大寒,兔年除夕倒数第二天,铁路春运最紧张的时刻,西客站二楼入口前出租车停靠处人头攒动,周围可见身着橄榄绿长大衣维持秩序的武警。七岁的淘气小儿子背着对他而言并不轻的塞满图书、作业本和玩具的书包,怀着一肚子即将见到外公外婆的兴奋,抢先向入口处走去。我和妻子被几位旅客挡在前面,只得探头探脑四处张望。入口处一位武警战士笔挺肃立在凛冽的寒风中,只见我们的儿子经过战士跟前的时候突然停下步子两脚并拢,右手举向额头敬了一个礼。战士显然大出意料,先是惊讶,继而脸上绽出了笑容。在后面看到这一幕的我吃惊之后也乐了。

在奔驰的列车上,回想刚才在车站入口处儿子向武警战士立正敬礼的那个瞬间,我陷入了深思。七岁的儿子向执勤的武警战士敬礼之举,显然是一种模仿的动作,并不意味着他已经明白武警所代表的形象和这一形象的内涵。在网络上,我看到有网民写道:"每当我路经军事机关大门口,看到士兵岗哨附近的'卫兵神圣、不容侵犯'的字标,心头便油然升起敬畏之情……"而卫兵这一角色,在很多重要机关、公共设施和场所,是由武警充当的。春夏秋冬,晴天雨日,或起起巡行,或轩昂挺立的武警战士,是引人注目的亮丽风景。然而,人们敬畏武警,与其说是敬畏他们挺拔的身躯、威武的形象,不如说是敬畏他们头顶上的国徽,敬畏他们所象征的国家政权和社会秩序。因此,武警战士真正让人敬畏之所在,是他对国家的忠诚、对制度的坚守。

读小学的时候,语文教材里有一篇题为《列宁与卫兵》的课文。讲述了十月革命刚刚胜利后的一天,在人民委员会门前站岗的是一位新战士,他的任务是检查来人民委员会开会和办事的人们的通行证。人民委员会主席列宁来了,这位新战士不认识列宁,拦住他说:"同志,请拿出您的通行证。"这时旁边有一位来开会的人看到列宁被拦住查通行证,就对卫兵嚷叫说:"他是列宁,赶快放行。"新战士严肃地说他没有见过列宁,没有通行证,谁也不能进。列宁把通行证交给新战士,并握住他的手高兴地说:"你做得很对,你对工作很负责任。"并说:"革命纪律是每个人都应该遵守的,我也不能例外。"这篇课文给我和我的同龄人留下了极为深刻的印象。"革命纪律是每个人都应该遵守的,我也不能例外。"这句话成为我们很多人都能背诵的列宁名言。我想,今天的中国武警在很多时刻和场合中的角色,与《列宁与卫兵》一文中的卫兵颇为相似。如果说我们的武警官兵令人肃然起敬,那么必定是他们真正做到了像课文中的那位卫兵那样,对纪律和制度铁面无私的捍卫。

我们全家人是在广西河池小孩舅舅家过的年。而正是春节期间河池发生了震惊全国的"龙江镉污染事件"。据报道,因有企业违法排污,1月15日起,河池市境内的龙江河宜州怀远镇河段水质出现异常,发现大量死鱼。龙江河拉浪电站坝首前200米处,镉含量超标约80倍。有关部门采取投放聚合氯化铝、烧碱等中和物的手段,以稀释和降低龙江河镉浓度。镉污染事件不仅给宜州当地居民带来生态威胁,而且导致下游的广西工业重镇、人口超百万的柳州市部分市民恐慌性地抢购、囤积矿泉水。住建部也组织国内权威城市供水专家到柳州现场指导。1月27日,龙年正月初五,我们全家大小又踏上返京的途程。一位当地的司机师傅送我们从河池到柳州乘坐火车。从司机师傅的嘴里,我们获悉,治理"龙江镉污染事件"的中流砥柱,又是武警战士。司机师傅说,他于春节期间负责将单位捐赠的物资运送到镉污染中和物投放点。投放点在江边,风呼呼地刮,水刺骨的寒,负责投放中和物的武警战士们住的是帐篷,睡的是地铺,三班倒紧张地工作。"我们都在过年,他们却在干这样的事,武警艰苦啊!"听着司机师傅的感叹,想象龙江河边武警战士们的日夜奋战,我亦心潮澎湃,觉得此时此刻龙江河边的武警战士们,是"大写的人",是最可敬畏的人……

不想过年,又想过年

作为一个外地人,我总觉得北京的春节并不如各地的热闹。

舞狮、舞龙、放鞭炮、穿新衣,打篮球、打乒乓球、下象棋,看歌舞、看戏剧、看电影,包粽子、做云片糕、做年糕、爆米花糖、吃元宵、做糍粑,初一见面说恭喜发财,初二开始走亲串戚……这是我出生的桂中乡村过年的花样。

当然,若说起春节的民俗,北京也有。若说这些就是热闹,哪个地方又能热闹得过北京?每年春节,北京的影院放的片子不都是全国首轮?北京的戏院里献艺的不都是在全国百姓心中响当当的明星名角?体育场馆里竞技的不都是"国手""国脚"?

白云观、地坛、龙潭湖的庙会，不也是一个万花筒般的精彩世界？

然而，也许是北京的外地人对北京的民众还有隔阂，或者是因为北京太大了，它的热闹让外地人感到不亲切，甚至，感受不到它的热闹。庙会是多姿多彩的，但对外地人来说，它们不是地方太远，就是内容太生疏，逛过一次，满足了好奇心和新鲜感，就不想再去了。戏院里、体育场馆里明星很多，但票不是不好买就是价格太贵，节日看明星的演出成为少数人的事。而在北京工作时间长了，对很多人而言，明星、名人已不再是深山里的"大熊猫"，有晚会或比赛的票而懒得去听去看的，也为数不少，这已是北京居民的一种心理状态。

外地人存了以上一些心理，便会觉得北京的春节平平淡淡。

有一回在北京过的年却让我记忆深刻。那是四年前的春节，我和还在读大专的胞弟俩人在京，其余家人都不在身边。一位从江南只身来京游学的画家朋友，请我们兄弟俩到其住处一起过年。除夕晚上，仨人吃了一顿火锅，看了一会儿联欢晚会，便各自休息。第二天初一，不觉萌生百无聊赖之感。朋友便提议上街看电影。不计较30元一张票的"宰价"，我等仨人随便进了东四一家影院。坐下后，各自要了一杯茶。茶叶品不出什么味，每杯却收15元。

不过，在北京住的年头多了，我对在北京过年逐渐生出了一些好感：北京过年的气氛是比较平淡的，因此它使你心情平平静静，没有什么大喜大悲之感；在北京过年的外地人是有些孤独的，但它使你免去了许多无谓的交往，免去了许多不想做的事,不想说的话。何况,平日不多见的三五好友,可以有时间聚会碰头,把盏互慰,共话流年,亦是身在异乡为异客者的一乐。

在北京,真是不想过年,又想过年。

及时做事

按照中国人老祖宗的历法,新的一年——癸未年,从2003年2月1日才开始。不过,尽管晚了一个月,终归新年是要来了。

辞旧迎新,人们往往要做一番回顾与展望。故乡的风土人情,此时此刻又上心头。

人生在世,具有多重文化身份。以我而言,文人是其一,广西人又是其一。在他乡异地,人们总是提到你的籍贯,以籍贯给你归类。广西,无处不在你的生活中。

广西,自然首先是一个地域概念。在北方,终日映在眼前的是一望无际的平原,夏天虽然像南方一样碧绿,冬天却是一片荒秃。北京的香山，人人当作宝山，每天人流络绎不绝，而且天下闻名。原因无它，坐落于华北平原上的北京，山是几乎绝迹的一种地貌，香山因此便物以稀为贵起来。我常想，广西随便哪一座山，都会比香山雄伟或秀丽，都会比香山更有看头。然而，香山虽然身不魁梧貌不惊人，却生得是地方。这地理位置就是如此这般的重要。话说回来，广西虽然是边陲，在祖国的版图上，处于边缘地带，但也并不是毫无优势。她四季如春，山花烂漫，芳草萋萋。每当我乘坐汽车沿着宽阔气派的高速公路在广西的崇山峻岭间奔驰，我内心都不由得为故乡壮丽的河山感到震撼，更为故乡各族人民开山劈岭、战天斗地的英雄气概与巨大辉煌的建设成就叹服和自豪。我因此想到，也许广西在地理上的边缘位置永远是无法改变的，然而，在经济、文化等方面，也未尝不可以进入中心。因为，在这些方面的边缘与中心，不是一成不变，而是流动不居的。

比如近几年广西的文化建设，就有不少令国人瞩目之处。这几年在国内走红的电影，《幸福时光》《寻枪》《英雄》等，剧本或小说原著都是出自广西作家之手。《南方文坛》杂志已成为国内文学批评界的重要刊物之一。最近，一套40卷的《广西当代作家丛书》正由漓江出版社出版。广西的文化建设，不说是轰轰烈烈，也是很扎实地、一步一个脚印地向前迈进。至少在文学方面，恐怕今天已无人敢视广西为边缘。

中国的新年是从春节开始的。春天来临，万象更新，鸟语花香，确有一种新年之感。我有时琢磨：人类为何要发明历法，给无穷无尽的时间加一个标点，做一个记号？从时间的本质来看,这是徒劳的做法。然而,从人类世界的角度来看,历法又是必要而且重要的。中国的历法,二十四节气标示着气候的变化,也指导着农业生产。因此,历法与人的生存紧密关联。西方的公元纪年法,以基督教创始人耶稣的诞生为起点,这又意味着什么呢?宗教是人类对生存意义的一种寻求方式。我想,以耶稣为纪年的开端,实际上暗示着人类对人生意义的追寻。

不妨说,先人之所以制定历法,划分新年旧年,既是为了有利于人类的生存,也是为了提醒后代,人生有限,人生应过得更有意义。人生的意义诚然因人而异,不同的人有不同的理解。近读桂系将领黄绍竑先生的《五十回忆》一书,对其中的两句话颇有感触。在春天即将到来之际,愿借绍竑先生这两句话与故乡的友人们共勉:"'及时行乐'才是消极的爱惜生命,而'及时做事'却是积极的光大生命。"

河池学院印象

　　我与河池学院(时称"河池师范高等专科学校")的缘分起因于文学。20世纪90年代初期,我第一次踏进该校参加"凡一平、东西作品研讨会"。2000年,又参加该校和广西文艺理论家协会、广西作家协会共同主办的"桂西北作家群研讨会"。两次研讨会,使我置身于一种极其浓郁的文学氛围之中,耳闻目睹了该校师生对文学的真挚热爱和对作家的尊敬景仰。在文学边缘化的时代,这所高等学校却以如此认真的态度、难能的远见和似火的热情推崇着文学、呵护着文学,并为文坛孕育出了东西、凡一平等知名作家,令人惊奇和振奋。

河池学院地处广西河池市辖下的宜州区。河池位于桂西北，为云贵高原南部边缘，山川秀丽，风俗独特，物产丰饶，素有"有色金属之乡""水电之乡""铜鼓之乡""长寿之乡"的美称。聚居着壮族、汉族、瑶族、仫佬族、毛南族、苗族、侗族和水族等8个民族。多民族的生活铸造了河池多姿多彩的历史文化、民族文化和民间文化。宜州更是壮族歌仙刘三姐的故乡，当地人民擅唱山歌，节日歌声随处可闻，每逢歌圩人山人海。封建时代的风云，抗战时期的炮火，又曾使得黄庭坚、徐霞客、竺可桢、马一浮、丰子恺等中华文化名人踏足河池，留迹宜州。或许是受这样浓厚的历史气息、地域文化和民族风情所熏陶，河池师专（河池学院的前身）自1978年诞生伊始就对文学情有独钟，与文学结下不解之缘。学校中文系十分重视文学教育，他们不仅抓文学理论和文学史课程，同时还力抓文学写作教学。学校鼓励学生创办文学社，定期或不定期出版文学报刊。从建校时起，学校先后成立过数十个学生文学社团，每个文学社团都有教师担任顾问。其中，南楼丹霞文学社主办的文学刊物《南楼丹霞》不仅在学院内，而且在广西文学界和区外的一些作家诗人中流传，广受赞誉。从举办文学讲座、组织作品研讨到创办文学刊物，为爱好文学创作的师生提供发表作品的园地，学生文学社团发挥了巨大的作用。广西区内外的许多作家、编辑因为来讲座而与该校结缘。更值得一提的是，该校中文系的许多教师对学生的文学写作不仅言传，而且身教，身体力行地创作。如韦启良、李果河、韦秋桐、银建军、温存超、钟纪新、谭为宜等老师，既是文学课堂上的教授讲师，又是文学队伍里的作家诗人。这些老师有文学的理论，也有文学的实践。他们以自己的创作带动学生的创作，以理论指点学生的作品。每当学生有作品在正式刊物发表，他们会当作特大喜讯张贴海报告知更多的同学，甚至亲自撰写文学评论；学生在创作上遇到困难，他们会及时提供支持和后援。

在继东西和凡一平之后，从河池学院毕业的何述强、黄土路、王卓等又活跃在广西文坛，杨合、费城、牛依河、谭壮满等已成为桂西北文学的新生力量。一所历史短浅且僻处县域，在全国范围少为人知的学院，却培养出了众多作家，在文学教育方面的成就即使与不少置身通都大邑、享有盛名的资深学府相较亦不遑多让，个中的奥秘可如此归结：河池学院的文学教育、理论灌输与创作实践相辅，课堂的说教与实际的操练并重。诚然，当今高校并无培养作家之责，不以输送文学人才为专务，但文学教育课程的设置，最终是为了使学生具有文学修养和文化创造力。因此，河池学院不仅深刻认识文学教育的必要性，更自觉追求文学教育的实效和成果。一位河池学院中文系的毕业生这样说："毕业后尽管换了许多看似和文学没有丝毫联系的工作岗位，但实际上没有一个岗位能离开文学。我们的老师说，我们不一定要成为哲学家，但要像哲学家一样去思考；我们不一定要成为作家，但要像作家一样去写作。"教导学生"像作家一样去写作"，这就是河池学院文学教育成功之所在。

河池学院已从师专升格为本科层次的全日制普通高等学校。如今，其文学热情尚在否？最近，我再次前往宜州，再度走访了会仙山下、龙江河畔的河池学院。该院工科出身的院长覃伟年和长期任教中文系的党委书记银建军均坚定表示，该院的文学教育已经形成鲜明的特色，学院将继续保持和发扬这一特色，积极打造这一品牌，并为广西和全国的文学建设做出自己新的贡献。

第三辑

那些不仅是力与美的历史

人类社会由许多民族组成。一个民族又可以由多个族群组成。中华民族大家庭的56个民族里,壮族是人口最多的少数民族。

每个民族都是一个巨大的存在,它如同向天边绵延的山脉让人望不到尽头,看不完她的蜿蜒,数不清她的巍峨。一个试图言说本民族的言说者能够做到的,只能是选择一个合适的视角,凝望那云遮雾绕的几座峰峦,揣度山脉的奇丽与崇伟。

那几座峰峦,似历史上的三位壮族女性。

冼夫人,名英,南北朝时期高凉郡(今广东茂名市电白区电城镇）俚人（壮族先民分支）。冼夫人出身于南越首领世家，未出嫁时，即能行军用兵，且常劝亲族为善，因此各部落都很信服。罗州刺史冯融闻知，为时任高凉太守的儿子冯宝向冼家求亲。婚后，冼夫人常与冯宝参决词讼，犯法的即使是亲族首领，亦不放纵。

东魏武定六年（公元548年），归梁的东魏叛将侯景发动叛乱，广州都督萧勃征兵援救梁武帝萧衍。高州刺史李迁仕称病推托，并要召见冯宝。冼夫人察觉此乃李迁仕谋反的先兆而阻止了准备前往的丈夫。不日，李迁仕果然反叛，冼夫人分析李迁仕出兵之后州城空虚，乃亲自带领千余人徒步担杂物，诱开城门之后出击，取得大捷。冼夫人领兵与长城侯陈霸先会师于赣石，与后者结下战友之谊。

陈霸先代梁而为陈武帝后，冯宝卒，朝廷任用冼夫人九岁的儿子冯仆为阳春郡太守——实际摄政者为冼夫人。广州刺史欧阳纥谋反，诱召冯仆为乱。陷入两难的冼夫人最终决定不能因为顾惜儿子而辜负国家。遂发兵拒贼，率百越酋长迎接前来讨伐的陈将章昭达。平叛后，冯仆以冼夫人之功，封信都侯，加平越中郎将，转石龙太守。朝廷并册封冼夫人为中郎将、"石龙太夫人"，出入仪仗如同刺史。冯仆卒后，陈朝亦风雨飘摇，岭南数郡共奉冼夫人为圣母，保境安民。

隋高祖杨坚遣总管韦洸安抚岭南，被陈将徐璒拒阻。晋王杨广让陈后主给冼夫人写信谕以国亡。冼夫人验知陈朝已亡，集首领数千尽日恸哭。命孙子冯魂率众迎韦洸，岭南遂定。朝廷任用冯魂为仪同三司，册封冼夫人为"宋康郡夫人"。番禺人王仲宣反，将韦洸包围于州城。冼夫人派孙子冯暄率师救韦洸。不料冯暄与王的部将陈佛智平素交好，故按兵不动。冼夫人大怒，派人执拿冯暄并关进州狱。又派孙子冯盎出师，斩陈佛智，与鹿愿军会师共败王仲宣。冼夫人亲自披甲乘马，张锦伞，领毂骑，护卫朝廷诏使裴矩巡抚诸州，岭南又定。隋高祖对冼夫人的英勇和才略大为惊异，乃拜冯盎为高州刺史，并赦免冯暄，拜为罗州刺史。追赠冯宝为广州总管、谯国公，册封冼夫人为"谯国夫人"。以宋康邑回授冯仆妾冼氏。开谯国夫人幕府，置长史以下官属，给印章，可调动部落六州兵马，若有危急，可不经请示朝廷便宜行事。其时番州总管赵讷贪虐，土著部落多有亡叛。冼夫人令长史张融上书言讷罪状。隋高祖获得赵讷贪贿证据将其法办。并降敕委命冼夫人招慰亡叛。冼夫人亲载诏书，过十余州，宣述朝廷意旨，所至皆降服。隋高祖再赐冼夫人临振县汤沐邑1500户。追赠冯仆为岩州总管、平原郡公。隋朝仁寿元年（公元601年），冼夫人逝世，谥为"诚敬夫人"。

　　冼夫人所处的南北朝到隋朝初年时期是一个社会大动荡、大分裂的乱世。在那样一个纷乱的时代，却出现了冼夫人这样一个卓越的少数民族女政治家和军事家，开幕府，领军衔，统领六州兵马，俨然南国柱石。夫、子、孙三代并因其而荣贵。在男尊女卑的漫长的封建时代，"女中勋业似桓文""功名能冠越王台"（明末清初岭南文学家屈大均《冼夫人》诗句）的冼夫人无异于横空出世，惊绝国人。冼夫人生平见诸唐朝初年魏征《隋书》之《列女·谯国夫人》、唐朝李延寿《北史》之《列女·谯国夫人冼氏》和北宋司马光《资治通鉴》。后人为祭祀冼夫人而建的冼庙，仅广东高州境内就有200多座。海南、广西等地亦有大量的冼庙，此外，冼庙亦见于新加坡、马来西亚、越南、柬埔寨等国。周恩来总理赞誉冼夫人为"中国历史上第一位巾帼英雄"。

瓦氏夫人，原名岑花，明朝弘治年间出生，归顺直隶州（今广西靖西市）壮族土官岑璋之女。幼时读书习武，及长嫁田州（今广西百色市田阳区）土官岑猛，改称瓦氏。明朝嘉靖六年（公元1527年），岑猛遭朝廷讨伐，与其子岑邦彦战亡。岑猛孙子岑芝承袭田州土官，因年尚幼，瓦氏夫人代摄州政，政绩斐然。明朝嘉靖三十二年（公元1553年），倭寇大规模进犯，江浙沿海数千里告急，朝廷诏令兵部尚书张经总督各路兵马抗倭，张经建议征调广西俍（明代称壮族先民为俍人）兵。其时，瓦氏夫人孙子岑芝已战死于海南。继袭岑芝土官职的重孙岑大寿及其弟岑大禄皆年幼，年近六旬的瓦氏夫人接到征调令后请求亲自带兵出征。张经准其所请，并授予"女官参将总兵"军衔。瓦夫夫人带领俍兵近7000名（其中女兵40余名），辗转跋涉数千里，到达江浙海防第一门户金山卫驻防，这是各路客军中首先到达抗倭前线的部队。甫到海防，负责指挥俍兵的总兵官俞大猷与瓦氏夫人即率精兵及俍兵夜袭普陀山倭寇老营，重创倭寇。之后，倭寇3000余人犯金山卫，陷俞大猷于重围。瓦氏夫人率俍兵驰骋奔突，救出俞大猷，解金山卫之围。在歼敌3000余人、扭转了东南沿海抗倭战局的王江泾（浙江嘉兴北）一役，瓦氏夫人率俍兵勇猛杀敌，战绩卓著。敌人再犯金山卫，都司白泫率兵迎击，被围数重。瓦氏夫人"奋身独援，纵马冲锋，乃破重围，白得脱"。瓦氏夫人率军参加的陆泾坝（江苏苏州境内）战役，斩获倭首300余级，烧毁海盗船只30余艘。

瓦氏夫人带领的俍兵在抗倭战场转战千里，历经柘林之战、盛墩之战、嘉善双溪桥之战、松江之战、昆山之战、陆泾坝之战、漕河泾之战等著名战役。俍兵骁勇善战，瓦氏夫人双刀杀敌，威震敌胆。明朝南京吏部右侍郎张鼐《吴淞甲乙倭变志》生动记载："瓦氏披发舞刀，往来冲突阵中，所乘马尾鬃为倭拔几尽，浴血夺关而出，马上大呼曰'好将官，好将官！'尽愤。"瓦氏夫人和俍兵的拼死血战震动朝廷，嘉靖皇帝"以杀贼多，诏赏瓦氏及其孙男岑大寿、大禄银币，余令军门奖赏"，并封瓦氏夫人为"二品夫人"。瓦氏夫人及所率之俍兵因奋勇杀敌更赢得了江浙人民的爱戴，"花瓦家，能杀倭"的民谣在江浙沿海广为传颂。当地百姓尊称她为"宝鬃将军""石柱将军"。

在中国抗击外侵的历史上，瓦氏夫人可谓第一位巾帼英雄。她并非仅仗"可死而不可败"的忠勇，而是更以精通《岑氏兵法》、治军有方、武艺高强取胜。当时的浙江巡御史胡宗宪在所著《筹海图编》中描述亲眼所见的俍兵作战"能以少击众，十出而九胜"。瓦氏夫人的阵法精髓"鸳鸯阵"，由戚继光所吸收，见于其兵法名篇《纪效新书》。瓦氏夫人之"鸳鸯刀法"亦为明代豪杰"天都侠少"项元池所传承。

刘三姐（亦称"刘三妹"）。与冼氏夫人和瓦氏夫人相比，刘三姐是壮族民间传说人物，而不是真实的历史人物。然而，历史传说同样是历史的一部分，而且随着20世纪五六十年代彩调剧、歌舞剧和电影《刘三姐》的问世，刘三姐这一传说中的歌仙已成为海内外家喻户晓的人物形象。刘三姐作为一个文化符号，今天既已变成壮族文化的一个历史象征，也已成为壮族文化的一个现代图腾。很多观众可能印象最深刻的是戏剧和电影里刘三姐戏弄三个秀才的对歌场面。但这只是众多刘三姐传说素材中的一部分。20世纪五六十年代关于刘三姐的作品，不免打着时代的烙印。传说尚有这样的："相传唐神龙中，有刘三妹者，居贵县之水南村，善歌，与邕州白鹤秀才，登西山高台，为三日歌。秀才歌《芝房烨烨》之曲，三妹答以《紫凤》之歌；秀才复歌《桐生南岳》，三妹以《蝶飞秋草》和之。秀才忽作变调，曰《朗陵花》词，甚哀切；三妹歌《南山白石》，益悲激，若不任其声者，观者皆歔欷。复和歌，竟七日夜，两人皆化为石……"（清朝王士禛《池北偶谈·粤风续九》）在有关刘三姐的传说中，刘三姐与白鹤秀才对歌并俱化为石的故事更多闻见，或许因为这一故事更美丽和更耐人寻味。

民族的杰出人物，无论是男性还是女性，皆是民族的代表。乍看起来，冼夫人、瓦氏夫人的政治和军事活动在壮族历史中代表着力，刘三姐代表着美。然而，历史不仅仅是力与美的历史，历史是人创造的，因此历史又是心灵的历史。冼夫人、瓦氏夫人和刘三姐，又呈现着怎样的民族心灵？在那险酷的改朝换代的大动荡中，冼夫人以何缘故一生挺立于梁、陈、隋三朝？诚然，当中有其作为杰出的政治家和军事家的超人智慧和本领，但苏轼贬海南时所写《冼庙》一诗中的"三世更险易，一心无磷缁"两句，我以为才道出了冼夫人的深层境界，这就是无论时空如何移换，世道怎样更迭，维护国家统一、民众安宁的真心永不因磨而薄，因染而黑。

同样,瓦氏夫人在将年届花甲之时率俍兵千里迢迢奔赴抗倭战场,"戎装跨介驷,舞戟如飞,倭寇畏之"(明朝广西右布政使谢肇淛语),也是一种卫国保民的壮志和激情。而刘三姐的传说,也叙述着一种对理想人生的向往和追求。

因此不妨认为,冼夫人、瓦氏夫人和刘三姐的故事,是一个民族的心灵在历史中的绽放。

历史·政治·真实

似不应给本文起这种大得吓人的标题。历史与政治与真实，这几个概念没有数十上百万言的洋洋巨著岂能道出个一二？然而近来读了世界知识出版社出版的一本翻译著作，有如鲠骨在喉，再三思忖，认为不妨借此来番大题小做。

该书名为《希特勒女秘书的遗著》，乃德国学者安东·约阿都姆斯塔勒根据希特勒女秘书克里斯塔·施罗德的笔记、书信等编写而成。原书名为《他是我首长》，中译本改为现名。克里斯塔·施罗德（1908—1984年）从1933年起任希特勒的秘书，一直到希特勒灭亡。施罗德女士自称根本不关心政治，她只执着追求真实。为了表现她所认为的真实，在她的笔下，希特勒这个点燃第二次世界大战熊熊战火，出兵占领奥地利、捷克斯洛伐克，鲸吞波兰、荷兰、比利时、法国、挪威，控制巴尔干和北非，轰炸英国，进攻苏联，对美国宣战，在欧洲建立各种集中营，残酷屠杀600万犹太人，并使无数其他民族人民惨死于其屠刀下的法西斯独裁者、杀人狂，一反无数人心目中的狰狞印象，变成了一位和蔼可亲、具有"无可非议的魅力"的谦谦君子。在书中，希特勒意志坚强，并有着惊人的自制力，直至生命的最后始终能够控制自己的感情；他酷爱读书，知识渊博，并有极强的记忆力，能把整册书背诵出来；他对人彬彬有礼，而且具有幽默感；他还是一个素食主义者，常常抨击人类屠宰动物的野蛮做法……在该书中译本"前言"里，译者在翻译时对原著中的一些赞美希特勒的言辞做了删节，饶是如此，希特勒的这种种"美德"也够令人肃然起敬的了。尽管施罗德女士称，在希特勒死后30多年，她也终于认识到希特勒是一个"魔鬼"，但从她的这些文字材料中，人们恐怕是难以将希特勒和"魔鬼"画上等号的。施罗德女士或许也意识到了这一矛盾，她在1979年写的笔记中说："如果认为我能揭示阿道夫·希特勒的'真面目'，那是个误会。这是不可能的，因为他太复杂了。"换言之，她对自己揭示"真实"的可能性发生了怀疑。

当然，我们也不能据此断言，施罗德对希特勒的那些印象和感受一定是虚构杜撰的。关键在于，同样的一个对象，由于观察角度不同，因此对象在不同的旁观者眼里就会具有不一样的意义，有时两者甚至大异其趣，判若天渊。

施罗德女士的误区在于,她不关心政治,却又给希特勒这么一个头号的政治怪物当了整整12年的秘书,且成为纳粹党党员;她写政治怪物希特勒,却几乎完全不涉及政治,不从政治方面来观察、思考和描述他。她等于放弃了全方位的鸟瞰,而仅取一个侧视甚至是仰视的角度。如此来看,她看到的必然是魅力迷人的"首长希特勒""伟人希特勒"。然而,如果脱离了希特勒的政治行为,脱离了他的那些"赫赫战功",那么希特勒还是真实的希特勒吗?希特勒的人格再有"魅力",也丝毫无改于在他挑起的第二次世界大战中5500万人丧生和无数生灵遭到涂炭这一铁的事实。况且,这种仅仅着眼于人格方面的描写因带有深厚的主观因素而会变得极端地不可靠。人格魅力可以是大众公认,也可以是"情人眼里出西施"。同是经历过二次大战的德国现代著名历史学家梅尼克(1863—1954年),在其历史学著作《德国的浩劫》一书中就指出:"希特勒的天性中有着太多的庸俗的自我精神,而不能使他被人看作是一个具有高度历史地位的人物:那种无限的虚荣心、那种低级趣味的自我美化,最后还有那个丧尽良心的匪帮,他要抓住他那残余的权力,便不惜榨尽他的人民的最后一滴力量来推动那个匪帮,这些都是加在意志上的沉重的抵押品。"梅尼克在书中还写道:"一位老将军有一次向我说:'我们从他(希特勒)选择了哪些人做领导人,就可以看出他是个什么人,那些人要么是流氓,要么是傻瓜。'在希特勒的身上这两者是纠缠在一起的。"

评传历史和政治人物,而玩弄诸如此类"人格魅力"的把戏的,历来大有人在。这种"只见树木,不见森林"的所谓"真实",使得多少滔天的罪恶在娓娓动人的"聊家常"中被一笔勾销。《希特勒女秘书的遗著》不是留给我们的第一个教训,大概更不会是最后一个。

面对沉重的历史

我的小学以及中学时代的一部分是在"文革"中度过的。那时候语文课本中的《陈涉世家》是节选的,从节选的部分中,陈涉留给我和我的同龄人的是高大完美的印象。然而有一天当我读到《史记》中的《陈涉世家》全文时,先是惊奇,继而深深感到一种偶像粉碎的悲哀。

我不知道时下的中学课本里是否还收入《陈涉世家》,是全文收入,还是像我以前读过的那种节选。现在重读司马迁的这篇杰作全文,涌上我心头的是袅绕不去的感慨:历史和人性远比我们想象的更复杂……

陈涉者,陈胜也。陈胜、吴广领导的农民起义是中国历史上第一次农民起义。其时百姓久苦于秦朝暴政，陈、吴在大泽乡奋臂一呼，众人斩木为兵，揭竿为旗，天下云集响应，赢粮景从，秦王朝的丧钟自此敲响。然而就陈、吴起义而言，最后是失败了。其中固然有时、势、地利方面的多种因素，但陈胜的个人素质也是导致起义失败的重要根源。而《史记》中有关陈胜负面描写的部分，却是被许多教科书所删除出去了的。

在《陈涉世家》的开头，司马迁就极为含蓄地写道："陈涉少时，尝与人佣耕，辍耕之垄上，怅恨久之，曰：'苟富贵，无相忘。'庸者笑而应曰：'若为佣耕，何富贵也？'陈涉太息曰：'嗟乎，燕雀安知鸿鹄之志哉！'"在关于大泽乡起义一节中，司马迁又录下陈胜的豪言："且壮士不死即已，死即举大名耳，王侯将相宁有种乎！"寥寥数笔，陈胜造反的动机、内心的"鸿鹄之志"已泄露无遗。不过，建大功、举大名是古往今来壮士们的远大抱负，司马迁或许也并不认为有何不妥，因而上述内容未尝不是正面描写。陈、吴攻下蕲县后，令符离人葛婴领兵攻占蕲县以东的地区。陈胜一路攻到陈县，乃立为王，号张楚。谁知那位葛婴攻占了东城后，不经请示擅自拉出一个叫襄强的人立为楚王。葛婴后来听说陈胜已立为陈王，这才感到问题的严重，深责自己过于冒失闯下大祸。为了获得陈胜的谅解，争取宽大处理，葛婴杀掉了自己刚拥立起来还没坐稳屁股的楚王襄强，并急忙赶往陈县向陈胜报告兼请罪。然而，"至陈，陈王诛杀葛婴"。陈胜并不领葛婴的这个情。陈胜是出于严肃军纪考虑，还是认为自己的王威不能受到丝毫冒犯，才杀掉对自己还算忠心的葛婴？司马迁想必已将此事视为陈胜的不仁不义之举，尽管他对陈胜杀葛婴的行为不予置评，但在他的笔下，杀掉葛婴后的陈胜，从此事事不顺，诸将或战死或叛逆，最后自己也败走下城父，在该地竟被自己的车夫庄贾杀害并献降秦军。

陈胜对自己的起义伙伴吴广被部下杀死这一重大事件的态度，也很耐人寻味。吴广率军围荥阳，久攻不下，部将田臧等经过密谋，以"今假王（吴广）骄，不知兵权，不可与计，非诛之，事恐败"为借口，竟矫陈胜令杀了吴广，并将其首级献给陈胜。而陈胜对自己这位亲密战友惨遭手下杀害的反应，却是"使使赐田臧楚令尹印，使为上将"。田臧谋杀上级，这个上级又是二号领袖假王吴广，并以伪造陈胜诏令作为谋杀手段，其罪行应比葛婴重，然而陈胜不仅不追究，反而给田臧升官。这不能不令人怀疑田臧所为也许正中陈胜的下怀？大泽乡起义是吴广和他一起发动的，他是陈王，吴广是假王，吴广功高堪震主，然而"一山不容二虎"从来是屡试屡验的一句古老谚语。不过，后人也可以为陈胜找出辩解的理由。比如其时形势已极端严峻，倘不放过田臧恐激其生变，为了起义大局，只好如此。倘若有大功告成的一天，再回头跟田臧秋后算账不迟，吴广的在天之灵或地下之魂姑且继续蒙冤委屈一段时间吧。但司马迁的另一段记述却使陈胜难以再找到台阶：陈胜称王后，曾跟他一起佣耕的友人找上门来。守门的卫兵认为来人是胡闹，欲护捆绑。友人急了，辩说自己确是陈王的旧识，卫兵故不采取措施，但也不肯通报。友人只好守在外面，等陈胜出来后拦道招呼。陈胜听到，接见了友人，并一起上车回宫。村夫野民的友人平生头一回进王宫做客，见到里面奢华气派的陈设，不免大惊小怪，呼叹不已。友人仗着是陈胜以前的哥们儿，出入愈益随便，并对人说陈胜以前当农民的事情。有人便对陈胜进言说："您的客人愚昧无知，专爱胡说八道，有损您的威严。"陈胜听后即将友人斩首。陈胜身边的其他故人见势不妙，便识趣地溜之大吉，"由是无亲陈王者"。陈胜至此还不算完，他委任朱房为中正，胡武为司过，主管群臣。此俩人"以苛察为忠"，群臣诸将中有被他们所认为"不善"者，俩人都不走正常手续交由下吏先审理，而是"辄自治之"。这两个大成问题的人却深得陈胜的信任。

司马迁显然是将陈胜的负面人格看得很清楚。在《陈涉世家》中他以"与人佣耕"、发誓"苟富贵无相忘"作为陈胜的出场，而在文章的末尾，交代了当初与陈胜佣耕者的悲惨下场，其中深意已不言自明。司马迁仍感意犹未尽，又明确指出陈胜背弃誓言诛杀故人，任用心术不正者致使众叛亲离，"此其所以败也"。

我至今尚能回味初次读完《陈涉世家》全文时的那种震惊和怅惘……面对历史和人性的真实，我无法抹去内心的沮丧和伤感。然而，历史是一面多棱镜，它使我们看到个体生命的挣扎沉浮是与时代的飓风大潮联结在一起的。因此，我赞同司马迁给予陈胜的评价："陈胜虽已死，其所置遣侯王将相竟亡秦，由涉首事也。"伟大与渺小，崇高与卑污，竟是如此并存于人性之中构成了统一完整的历史。

我们怅然反顾历史，历史也无言地审视我们。是将历史零碎地肢解、"节选"，还是准备承受历史全部的沉重？这是一个极耐人思索的问题。

问鼎与爱鼎

鼎是古代煮东西的器物。在新石器时代出现的陶鼎,其最初的功用相当于现代的锅。鼎成为国家政权的象征,也许是自黄帝开始。《史记·封禅书》云:"黄帝作宝鼎三,象天地人。"又云:"禹收九牧之金,铸九鼎。"《左传》则云:"桀有昏德,鼎迁于商;商纣暴虐,鼎迁于周。"当然,这时的鼎已是青铜器了。

禹之九鼎,夏、商、周三代相传,如同后世的国玺,乃国家的神器,除了自认为"天命神授"的天子,他人不得与闻。然而天下大势,分久必合,合久必分。改朝换代,时或不免。礼崩乐坏、兴废交替之秋,觊觎神器者不邀自来。周幽王宠褒姒，废申后，去太子，信用奸臣虢石父。为博美人一笑，竟数举烽火戏弄诸侯。倒行逆施，终致骊山杀身之祸。周平王立，为避戎寇，迁都洛邑，史称东周。

周王室自此衰微，而四边诸侯坐大，互相攻伐不已，政出方伯。《左传》记载：鲁宣公三年（公元前606年），楚庄王讨伐陆浑之戎，而又兵临首都洛邑，炫耀武力。周定王看在眼里，恨在心头，然又无可奈何，只好派大夫王孙满前去慰劳。骄矜得意的楚庄王竟向王孙满"问鼎之大小、轻重焉"。王孙满对曰："在德不在鼎……桀有昏德，鼎迁于商，载祀六百。商纣暴虐，鼎迁于周。德之休明，虽小，重也。其奸回昏乱，虽大，轻也。天祚明德，有所底止。成王定鼎于郏鄏，卜世三十，卜年七百，天所命也。周德虽衰，天命未改。鼎之轻重，未可问也。"王孙满义正词严的应对，犹如一盆冰水泼到正在发昏的楚庄王头上，使其狼子野心，稍加收敛。

鲁昭公十二年（公元前530年），楚灵王出兵围徐以惧吴，自己则驻于乾溪以为后援。楚右尹子革求见，楚灵王问他："从前我们先王熊绎，和吕仅、王孙牟、燮父、禽父一起侍奉周康王，结果齐、卫、晋、鲁四国都得到颁赐宝器，唯独我国没有。这次我派人到周王室那里去，请示把鼎作为颁赐，周天子会给我吗？"楚灵王这次已不像他的那位先辈楚庄王，仅仅"打听"鼎的大小轻重，而是要直接求鼎，再不屑于含蓄了。面对目无周天子的灵王，子革讥讽说："会给您啊！从前我们先王熊绎僻处荆山，乘柴车、穿破衣开辟草莽、跋涉山林以侍奉天子。由于地处荒远，只能以桃木弓、枣木箭作为进贡。齐、晋、鲁、卫四国，都是皇亲国戚，所以他们得到颁赐，而我国没有。现在是周与四国服侍您了，唯您之命是从，还敢爱鼎吗？"灵王说："过去我们的皇祖伯父昆吾，住在旧许。旧许今属郑国。我若向郑国讨要旧许，人家会给我吗？"昆吾是楚之远祖季连之兄，楚庄王求远祖之兄所居之地，可谓荒谬可笑，而贪鄙之心毕现矣。子革又讥讽："会给您啊！周天子不敢爱鼎，郑国敢爱田？"灵王终不以子革的劝谏为然。但尚未来得及一展"宏猷"，第二年即在其弟弃疾等人发动的叛乱中自缢身亡。孔子曾就此议论：如果楚灵王能"克己复礼"，就可避免这场大辱。

然而话分两头说。当一个王朝的统治已呈左支右绌、破绽百出之象，"君义、臣忠"这一套所谓"礼"就很难再指望的了。周朝最后一个天子周赧王死后，秦国取周九鼎宝器。秦王嬴政十三岁立，登基二十六年即统一中国。乃分全国为三十六郡，车同轨，书同文，统一度量衡；收天下之兵聚之咸阳，销以为钟鐻，铸以为金人十二；徙天下豪富十二万户于咸阳；焚书坑儒，以愚黔首……种种措施，虽说刑严法峻，苛酷刻削而毋仁恩和义，但姑且视之为嬴政"爱鼎"之举。踌躇满志的嬴政自称始皇帝，并企望"后世以计数，二世三世至于万世，传之无穷"。谁承想刚刚传至二世胡亥，就有绳枢瓮牖之子陈涉怀抱"王侯将相宁有种乎"的鸿鹄大志，于大泽乡揭竿而起，天下风云突变，立朝仅十四载的秦王朝土崩瓦解。秦之倏忽灭亡，实证废仁义以保国，施暴政以爱鼎，何其南辕而北辙。

秦末的时势造就了楚人项羽和沛人刘邦。《史记·项羽本纪》云，项羽"长八尺余，力能扛鼎，才气过人"。然其力能扛之"鼎"，恐非夏禹所铸之九鼎，而乃寻常烹肉煮饭之鼎也。垓下别姬，乌江自刎，如此收场夫复何言。

泗水亭长刘邦本一酒色之徒，后乘时而起与项羽争夺天下。此人有一项羽所不能的长处，就是从谏如流。陆贾经常在刘邦面前称说《诗经》《尚书》，刘邦有一次烦了，鼓眼骂道：老子在马上得的天下，干吗要翻《诗经》《尚书》？！陆贾昂然说：你在马上得天下，难道能在马上统治天下吗？刘邦一听，"不怿而有惭色，乃谓陆生曰：'试为我著秦所以失天下、吾所以得之者何，及古成败之国'"。汉王朝四百年江山，首先基于高祖刘邦的"爱鼎"有方。

有一件事令人诧异。当初秦取周九鼎时，也许搬运不小心，其中一鼎飞入泗水中，秦只得八鼎。

汉武帝元鼎四年（公元前113年），汾阴巫锦挖得一只大鼎，汉武帝刘彻派人迎鼎，藏之甘泉宫。群臣皆上寿贺，认为此鼎乃飞入泗水的那只周鼎。齐人公孙卿则上书附会："黄帝采首山铜，铸鼎于荆山下。鼎既成，有龙垂胡髯下迎黄帝。黄帝上骑，群臣后宫从上者七十余人，龙乃上去。余小臣不得上，乃悉持龙髯，龙髯拔，堕，堕黄帝之弓。百姓仰望黄帝既上天，乃抱其弓与胡髯号。"公孙卿这番话搔到了一向信神信鬼的刘彻的痒处，刘彻浩叹："嗟乎！吾诚得如黄帝，吾视去妻子如脱屣耳。"乃拜公孙卿为郎，派其往太室山"候神"。一方面穷兵黩武，恣意淫逸；一方面想成仙得道，骑龙升天，倒也颇合历史上众多"问鼎"进而获鼎者的心态。沙场枯骨，荒野饿殍，又何足忧哉。

巧取豪夺非正道

报载,广东某影业公司欲投拍一部电影,取名为《新刘三姐》。这一片名颇令人想起20世纪60年代轰动国内外,而今已成为经典电影的《刘三姐》。此《新刘三姐》是彼《刘三姐》的续集或重拍?非也。《新刘三姐》是一部现代题材的电影,叙述一位"现代的思想超前的"女孩"刘三姐"两度逃婚、"敢爱敢恨"的故事,与那部经典《刘三姐》实风马牛不相及。然而该公司却邀请经典《刘三姐》中刘三姐的扮演者黄婉秋在《新刘三姐》中饰演角色,遭拒绝后仍对外宣称黄婉秋将参演云云。

《新刘三姐》首先遭到原先流行于广西的彩调歌舞剧

《刘三姐》主笔之一古笛的质疑。古笛在致媒体的一封信中称：拍片取名《新刘三姐》是一种"巧取豪夺"、有悖商业道德的行径。因为只要稍有历史知识的人都知道，"刘三姐"这个品牌是壮乡这片充满神奇色彩的歌海孕育出来的文化代表，是有强烈地域特征和生活特征的美好形象。如果谁为了借品牌赚钱，今天冠以《新刘三姐》，明天又冠以《靓阿诗玛》，他的"拿来主义"来得轻巧，可就是不管别人受得了受不了。别以为有商业头脑就可以无限投机取巧，要知道如果人们的感情受到伤害，那么他将吃不了兜着走。黄婉秋在接受采访时也抨击拍摄《新刘三姐》是制作人借片名及她个人之名搞的一个商业炒作，是浪费国家钱财的行为，与真正的艺术创作格格不入，是一种"不伦不类的东西"，"是在糟蹋曾经脍炙人口的艺术精品"。

那家影业公司的老板在获悉上述非议后表示，热爱刘三姐的人们不会跟他打官司，因为虽然已经有人叫"刘三姐"了，难道就不允许第二个人叫"刘三姐"吗？不能片面地理解"刘三姐"的署名问题。

如果将以上的争端作一归纳，不妨说反对方的意见主要涉及的还是艺术和道德范畴，即拍摄《新刘三姐》在艺术上是不严肃的，在行为上是不道德的。而影业公司的老板则谈的是法律问题：你叫了刘三姐，我就不能叫了吗？法律上有这样的规定吗？

笔者法律知识浅薄，不知现行法律是否对这样的问题有所规范。而关于《新刘三姐》之争的报道中还同时说："据法律界人士透露，有关民间文艺的版权归属问题有关部门正在商讨。"如此言不虚，那么如何对待这类问题看来仍是法律的一个盲点。笔者认为，即使法律奈何不了《新刘三姐》，也不等于它是无可指摘，可以任其大摇大摆招摇过市的。对人类行为包括艺术创作的制约，除了法律，还有道德规范。显然，《新刘三姐》是利用了经典《刘三姐》这一品牌的，否则，它为何不叫"刘二姐""刘四姐"之类，又为何还想到要请饰演过刘三姐的黄婉秋去参演，难道这是巧合？别人千辛万苦、流汗流泪甚至流血（想想《刘三姐》在"文革"中的遭遇）创造出来的艺术品牌，你就这么轻飘飘地信手拈来，为你的"创作"（姑且称为创作，而不是赚钱）服务，在道德上你还能那么理直气壮？而艺术的内涵与真、善、美是分不开的，善受到了损害，真与美恐怕也就成为水中月、镜中花了。如此，你那《新刘三姐》编得再高明，也已是"先天不足"，其艺术价值必定会大打折扣。

艺术创作是一项严肃的、耗费心血的艰苦劳动，任何投机取巧、巧取豪夺的行为与艺术的宗旨都是背道而驰的。以这种手法炮制出来的"艺术"而能登大雅之堂，而能有益于世道人心，几稀矣哉！

斯人已去，精神长存

这个多霾的冬天，2016年11月22日，陈映真先生离去了。巨星陨落，惊澜拍岸。22日当天，中国作家协会主席铁凝率领中国作家协会一行人赶到北京朝阳医院向陈映真先生遗体告别。12月1日上午10时，在北京八宝山大礼堂，海峡两岸近千名人士含泪送别。其时正逢中国作家协会第九次全国代表大会，但我还是与部分与会者请假赶到八宝山向陈映真这位中国作家协会名誉副主席告别。12月23日，中国作家协会还将在北京中国现代文学馆举行隆重的"陈映真文学创作研讨会"。

在当下中国，一位作家的辞世如此震动两岸文坛，非陈映真先生莫属。

  陈映真于1959年发表第一篇小说《面摊》,之后蜚声台湾文坛。1968年,因"民主台湾同盟"案被台湾当局逮捕,之后判刑10年。因蒋介石去世特赦出狱,实际坐牢7年。1976年,他的小说《将军族》遭查禁。1978年,因乡土文学论战再次被台湾当局拘捕,36小时后获释。这一段台湾文坛的风云,在两岸隔绝的那些岁月里,大陆读者是无从得知的。我通过作品开始认识陈映真,时光已是1979年了。是年9月,我入读广州中山大学中文系。广东是彼时正在神州大地轰轰烈烈兴起的改革开放的前沿,中山大学亦得风气之先,开设了港台文学课程。这一课程还同时配发一本阅读参考书《港台文学作品选》。我从这本选集中,读到了陈映真的短篇小说《将军族》。记得任课老师在讲到陈映真的创作时,介绍说陈映真曾被台湾国民党当局判刑入狱,罪名是"读毛泽东的书",引起全班同学一片哗然——生长在大陆的我们,自然会对有人竟因读毛泽东的书而被判刑坐牢感到惊怪。后来看到资料,陈映真当年坐牢的正式罪名是组织聚读马列主义、鲁迅等左翼书册及为共产党宣传等。

  《将军族》是陈映真先生的代表作之一,初读时觉得小说的写法比较独特和陌生,与大陆盛行的传统现实主义小说(包括外国翻译作品)给予我的阅读体验有较大的差别。小说的两个小人物主人公"小瘦丫头"和"三角脸"的形象十分鲜明。出生于台湾的"小瘦丫头"因家贫被卖为娼,退伍老兵"三角脸"则因大陆有家而不能回,同是天涯沦落人的两个小人物因相惜而相爱,因相爱而痛感身体已不净,最终双双殉情。相信彼时对台湾社会状况十分不了解的大陆读者，会与我一样，只看到了这篇小说的人道主义关怀和社会抗议主题，而对两个主人公的省籍身份并不在意。只有在若干年后"台独"意识浮上台面，台湾统独斗争白热化，《将军族》的这一层意义，才被更多的大陆读者所认识。而这篇小说1964年即发表于台湾《现代文学》杂志，其先行性令人惊叹。

第一次见到陈映真先生，是在2001年12月中国作家协会第六次全国代表大会上。陈映真先生作为台湾地区嘉宾与会，受邀同来出席会议的台湾人士尚有陈丽娜（陈映真先生夫人）、龚鹏程、蓝博洲、周啸虹、陈丽卿、吕正惠、曾健民等。当时我作为《文艺报》记者到会上采访报道，对陈映真先生的第一印象是身材魁梧，方正的脸上眉目分明，常挂着沉默的微笑，儒雅之风采不似一个曾被牢狱折磨了整整七年的人。会议期间，在中国作家协会办公楼，由中国作家协会台港澳暨海外华文文学联络委员会召集，金坚范、赵遐秋、曾庆瑞、陈映真、蓝博洲、吕正惠、曾健民等两岸作家学者在一起座谈商讨在两岸分别出版一套台湾文学研究丛书，我与几位拟承担丛书写作的作者参加座谈。大家谈到，分离主义意识形态在当前的台湾急剧扩张，台湾文学界首当其冲。在文学研究方面，以所谓"台湾意识"重新解释台湾新文学经典作家和作品成为一股思潮，台湾新文学的性质和内涵被台湾某些论者肆意扭曲和肢解。两岸有必要通过出版一套台湾作家研究丛书来还原台湾新文学的真实面貌。会上计划这套丛书在台湾由陈映真先生创办的人间出版社出版，大陆的出版社待定。

在中国作家协会第六次全国代表大会结束的第二天，即

12月23日，我参加了由中国作家协会举办的《台湾新文学思潮史纲》出版座谈会。该书由两岸学者合作编著，吕正惠、赵遐秋主编，曾健民、曾庆瑞、斯钦、樊洛平等共同撰写，北京的昆仑出版社出版。座谈会出席者除了大陆方面人士，还有陈映真、吕正惠、周啸虹、蓝博洲等台湾作家。我在会上聆听了陈映真先生的发言。他说，"文学台独"主张台湾文学与中国文学无关，尽量地冲淡台湾文学史和中国文学史的联系，不断主张台湾文学相对于中国文学的"独立性""本土性"或"主体性"。他认为《台湾新文学思潮史纲》的出版非常有意义，是两岸学者通力合作，以自己认真扎实的研究成果，对80年代末期以来变本加厉的"台独"运动做出的回应。

2002年1月17日，《文艺报》以整版刊发大陆学者关于陈映真三部中篇小说《归乡》（1999年）、《夜雾》（2000年）、《忠孝公园》（2001年）的评论。陈映真先生自1985年全力投入《人间》杂志的创办之后，长达十多年不再写小说。三部中篇是他"复出江湖"之作，题材皆紧扣当下台湾分离主义意识弥漫泛滥，国家民族认同迷惘错乱的现实，揭示台湾社会发生如此之大变局的历史背景与因由，主题重大，忧思深刻，读来令人震撼。《文艺报》刊登的这版评论，其中有我撰写的关于《忠孝公园》的一篇，题为《历史与现实的新反思》。拙文不足两千字，末尾一段如此下笔："陈映真推崇作品的思想性，然而他始终将自己自觉地定位为一位作家。在小说本体上，他是一位重技巧的写作者。《忠孝公园》同样反映了作者在小说艺术上的耗心费力。作者运用时空交错、意识流等叙述手法，描绘出马正涛迷惘和绝望、林标懵懂和凄寂的内心世界。在相关历史事件的表述方面，小说十分严谨，表现出对史实的尊重，也表露了作者在史实的搜集、爬梳与发现上所下的功夫，而这对小说的成功同样是不可或缺的。但从接受美学的角度看，我认为陈映真正面临新的抉择。如何在保持思想的前卫与锋芒的前提下，让小说从形式上走向当代读者，走向已被多媒体的科技手段改变了欣赏习惯与口味的大众，这当是陈映真的新课题。"今日重览而思之，不免忐忑，不知这段快言快语，陈映真先生认可与否？然而这是永远也不可能得知的了。

2002年9月，又有一次机会见到陈映真先生。当时，在北京鲁迅文学院召开了一次台湾作家研究丛书写作人员会议，极为关心这套丛书的陈映真先生刚在北京做完心脏手术，身体虚弱，但还是在夫人陈丽娜女士的搀扶下抱病出席。在会上，他介绍了"文学台独"肆行台湾的情况，谈到了文学家的责任和撰写这套丛书的重要性，他说："你们是在后方，我们是在前线。"病弱之躯的陈映真先生对台湾文学发展的焦虑与对两岸统一的不懈追求，令我们这些与会者为之动容，主持会议的中国作家协会书记处书记、台港澳暨海外华文文学联络委员会副主任金坚范先生激动得一时泣不成声。会议结束时，我向陈映真先生请教对台湾某位大名鼎鼎作家的看法，他直言不讳地告诉我："那是一位'台独派'大佬。"

之后不久，即同年11月1日，由昆仑出版社出版的台湾高雄市文艺协会理事长周啸虹的作品集研讨会在北京举行。在这次会上，我再次见到了陈映真先生。周啸虹先生于

1949年只身赴台，曾是国民党的军中作家，作品对台湾社会百态有朴实地描写，并表现了浓烈的爱国思乡意识。晚年的周啸虹先生还积极投身两岸文学交流，是大陆去台湾作家的杰出代表。陈映真先生的经历和政治信仰与周啸虹先生应该是有很大差异的，但他抱着病体来出席周先生的作品研讨会，我从中看到了他和周先生的情谊，也看到了他对一切爱国爱乡、拥护两岸统一的作家的真诚支持。

2003年4月6日至15日，以中国作家协会副主席陈建功为团长的中国作家协会访问团赴台交流，我有幸作为团员之一第一次登上台湾宝岛。访问团先到高雄、屏东、台南等地访问座谈，4月12日到台北。当晚陈映真先生和陈丽娜女士在台北一家餐馆请访问团作家们吃自助餐。我们来自大陆的一行人先到的餐馆。陈映真先生伉俪和吕正惠、蓝博洲等十多位台湾作家稍后到达。陈映真先生带着歉意向大家解释："'统盟'（中国统一联盟）今天下午开会，会刚结束，所以迟到了。"这顿晚餐应该说是我们台湾此行最简单的一顿饭，但气氛极为融洽愉快，两岸作家充分地交流文学，酣畅地表达友情与同胞之情。从这顿饭中，我还体会到了陈映真先生和他的统派同志们在台湾拮据的艰苦处境，这是一种因为理想和信仰而付出的代价与牺牲，由此又加深了一层对陈映真先生的理解和敬意。

14日，访问团与《文讯》作家座谈。地点是位于台北中山南路的中国国民党中央党部大楼。座谈开始，先由陈建功介绍访问团成员，《文讯》社长兼总编辑封德屏女士接着介绍台湾作家，依次分别是司马中原、辛郁、朱秀娟、王禄松、陈映真、陈若曦，还有陈若曦的先生陈明和。在座的两岸作家分别就文学、文化、两岸现实感受等话题发表了看法。陈映真先生的发言较简短，我记得最清楚的，是他以赞叹的口气说，大陆文艺队伍之庞大令人震惊。这次座谈还有两点令我印象深刻：一是东道主说，我们是第一个进入国民党中央党部的大陆访问团；二是据访问团的曾庆瑞先生说，陈映真这是第一次进入国民党中央党部大楼。曾先生的话，让我们内心泛起阵阵涟漪：这对被国民党当局两次拘捕、坐过七年牢监，具有无比坚定的左翼思想与理念的陈映真先生，是多么的不容易。他今天迈入国民党中央党部，为的是两岸文学交流，为的是团结更多的力量共促两岸统一。他展现了一种不计个人恩怨的宽广的胸怀和气度。

2004年2月2日，由中国作家协会台港澳暨海外华文文学联络委员会主办的"台湾作家杨逵作品研讨会"在广西南宁举行。金炳华、邓友梅、陈映真、吕正惠、曾建民、蓝博洲等来自海峡两岸的文学界人士，杨逵亲属及生前好友等60多人与会。会后的一个情景令我至今记忆犹新：会议结束当天的晚餐会上，与会作家即兴表演节目。东道主广西作家们唱了电影《刘三姐》的插曲《只有山歌敬亲人》。晚餐的高潮，是台湾作家上台合唱《歌唱祖国》这首歌曲。"五星红旗迎风飘扬，胜利歌声多么响亮；歌唱我们亲爱的祖国，从今走向繁荣富强……"台上陈映真先生等台湾作家激情地唱着，台下出席晚餐会的大陆作家亦全体起立，和着优美抒情的旋律，同声高歌。置身这一场面，我感到南宁的这个夜晚，两岸作家的心灵与情感是多么紧密地被这首歌牵连在一起。

2005年8月24日，中国作家协会在吉林长春举办"台湾作家詹澈、蓝博洲作品研讨会"。陈映真等18位台湾作家、学者和30多位大陆作家、评论家出席。记得陈映真先生在会上并未发言，但我注意到他坚持参加完持续一整天的会议，并很注意倾听每一位与会者的发言。毕竟，詹澈和蓝博洲这两位台湾统派作家的创作，也是他一向所极为关切的。

陈映真先生与金炳华担任顾问，金坚范、赵遐秋主编的11卷本"台湾作家研究丛书"，2006年7月终于由大陆作家出版社出版。11卷本分别是《台湾新文学之父——赖和》（刘红林著）、《张我军评传》（田建民著）、《冰山底下绽放的玫瑰——杨逵和他的文学世界》（樊洛平著）、《吴浊流：面对新语境》（石一宁著）、《乡之魂——钟理和的人生与文学之路》（江湖著）、《啼血的行吟——"台湾第一才子"吕赫若的小说世界》（沈庆利著）、《林海音评传》（周玉宁著）、《陈若曦：自愿背十字架的人》（汤淑敏著）、《生命的思索与呐喊——陈映真的小说气象》（赵遐秋著）、《大地之子：黄春明的小说世界》（肖成著）、《自我完成自我挑战——施叔青评传》（白舒荣著）。丛书以陈映真先生的《中华文化与台湾文学》一文作为总序。陈映真先生在文中说：像中国这样一个幅员辽阔、人口众多的国家，"中华文化和与之相应的中华文学多彩多样，丰富繁荣。其中既有鲜明的民族共性和同一性，同时也有突出地方的、历史的独特性。""台湾文学有伟大光荣的爱国主义传统，有强烈的以中华文化为根底的中华民族精神，是台湾文学的骄傲。虽然当下台湾文学正遭逢自四十年代日帝'皇民文学'压迫以来未曾有过的反动,即反民族'台独'文学的逆流,但只要我们坚持台湾文学的爱国主义传统精神不动摇,坚持斗争,就一定能克服一时的横逆,取得胜利!"之后,由吕正惠先生接替陈映真担任发行人的台湾人间出版社陆续出版了这套丛书部分论著的繁体字版,其中拙著《吴浊流:面对新语境》更名为《真实的追问——吴浊流的文学·思想·人格》出版,正文之前仍是陈映真先生的那篇总序。

2006年9月,听闻已定居北京的陈映真先生中风卧病的消息,甚为惦念,内心祝愿他早日康复。而当时社会上包括海峡对岸皆有传言陈映真已卧床不起,奄奄一息。

我不知道是否还能再见到陈映真先生。令我意想不到的机会还真来了。2009年是陈映真先生从事文学创作50周年,海峡两岸分别举办庆祝和研讨活动。9月18日,中华全国台湾同胞联谊会和中国作家协会在北京联合举办"陈映真先生创作50周年学术研讨会"。9月26日至27日,台湾文学发展基金会在台北举办"陈映真创作50周年国际学术研讨会"。我供职的《文艺报》决定以一个专版选登这两次研讨会的发言。专版由我责编,选发了陈建功、吕正惠、施淑、赵遐秋、黎湘萍和陈友军等六位两岸专家学者的发言文章,并安排在11月7日见报。而报纸出来的前一天,11月6日晚6时许,中国作家协会在北京朝阳区劲松京瑞大厦为陈映真先生72岁生日举行小型的庆生晚宴,我获邀出席,但因要编校翌日见报的陈映真文学创作50周年纪念专版,约迟到了半个小时。进入宴会包间,首先望见端坐于轮椅上的陈映真先生和夫人陈丽娜女士,陈映真先生面色红润,似乎比以前见到时要胖一些。出席的大陆文学界人士有陈建功、曾庆瑞、赵遐秋、李荣胜、梁飞等。还有我不认识的一位先生和一位女士，听介绍方知系陈映真先生的哥哥和妹妹。席间，待各位领导和前辈分别向陈映真先生表示生日祝贺后，我端起酒杯走到陈映真先生身边，说："祝您生日快乐。我们很想念您。盼望您早日康复。刚才我来晚了，先自罚一杯。现在我解释一下为什么来晚了，因为做这一张明天出刊的报纸（向他出示《文艺报》专版校样），这是'陈映真文学创作50周年纪念'专辑，文章有陈建功副主席的《中国文学的光荣与骄傲》、赵遐秋老师的《当代台湾社会的一面镜子》、吕正惠先生的《陈映真与鲁迅》、施淑女士的《对陈映真"台湾现代主义论"的省思》、黎湘萍先生的《思想家的"孤独"》、中国传媒大学年轻学者陈友军先生的《略论陈映真小说的文化蕴涵》……"陈映真先生一边听一边用手指在报纸上划动，先是在吕正惠的名字上停留，并眼望着我。陈丽娜女士"翻译"说："他问吕正惠现在怎么样？"我告诉陈映真先生，吕先生现在很好。在我提到黎湘萍时，他又用手指在黎湘萍的名字上划了划，眼里亦满含询问之意。一股感动的暖流涌上我的心头：重病中已不能言语的陈映真先生，对他熟悉的同志和友人仍然是这么的惦记！

"自反而缩，虽千万人，吾往矣。"奋力追求民族和解、两岸统一；孤独抵抗资本时代人的异化，永远保有同情弱者与被侮辱被损害者的人道主义关怀。陈映真先生的一生，正是身体力行着古圣先贤所推崇之大勇。先生已远行，然其文学与精神遗产，必将长存世间，惕厉后人。

黄昏是美丽的

日子在忙碌中忽忽而过。接顾苹女士的电话,才猛然惊觉:顾骧先生已离世十个多月了。尽管一闭眼,顾先生笑眯眯的慈蔼面容即生动地浮现在脑子里。

以"黄昏"命名这篇小文的标题,缘由有二:一是,与顾先生交往,已是在他离休之后。具体地说,是他的著作《晚年周扬》出版之后。此时的顾先生,已年逾古稀了,正是人生的黄昏;二是,顾先生酷爱黄昏意象,著有散文集《也爱黄昏》。

2003年,上海文汇出版社出版顾先生的《晚年周扬》一书。该书讲述了"文革"结束周扬复出后对之前所犯的"左"

的错误的真诚反思,尤其是以参与起草的亲历者的视角,叙写1983年3月7日周扬在"马克思逝世100周年学术报告会"所做的主旨报告《关于马克思主义几个理论问题的探讨》的写作过程,以及该报告发表后所受到的严厉批评,所引发的关于人道主义和异化问题的争论和"清除精神污染"运动。因题材重大,牵涉甚多;也因作者对晚年周扬鲜明的欣赏和褒扬态度,出版前颇费周折,出版后也遭遇种种压力。2003年10月13日,"《陈登科文集》首发暨研讨会"在合肥举行,顾先生出席,我作为《文艺报》记者与会报道。活动结束返京时,在合肥机场与顾先生闲谈,提及《晚年周扬》,顾先生透露,该书曾辗转北京8家出版社,最终无一敢"冒险"出版,乃投沪上。回京后,10月24日,接到顾先生电话,说赠我一本《晚年周扬》,且书已托报社一同事转交。

对周扬和《晚年周扬》一书的评价,或许至今仍未落定尘埃。然而,周扬是20世纪中国文艺史和思想史的重要人物,《晚年周扬》具有可贵的史料价值,应该是共识吧。而殚精竭虑写作《晚年周扬》一书的顾先生,对20世纪中国文艺史和思想史研究的贡献亦是无可置疑的了。

其实,浅识顾先生,比这要更早。20世纪80年代末,中国作家协会及其所属报刊社在北京沙滩北街2号办公,在院内常能见到顾先生,偶尔也跟他打招呼。那时的印象里,顾先生文质彬彬,对人友善,言语柔和,是江南气质的绅士风度。

最初了解顾先生的思想,是在一个作品讨论会上。1994年,作家张泽石的纪实文学作品《战俘手记》由青海人民出版社出版。张泽石在抗美援朝战场上因受伤被俘,曾被囚禁在美军"最高监狱"和"战犯战俘营",1953年9月作为最后一批交换战俘归国。从张泽石的这部作品和之前的《我从美军集中营归来》(中国文史出版社1989年出版)一书中,人们了解到,志愿军战俘在战俘营中展开了不屈的斗争,但回国后普遍遭遇不公正的对待。在北京作家协会举办的"《战俘手记》座谈会"上,顾先生因事未出席,但写了书面发言。顾先生的发言给赴会报道的我留下了甚为深刻的印象。其中说:"这部书的价值不仅在文学方面,而更是在它的重大思想、认识价值方面。""这部书的悲剧力量,令人无限感伤的、令人深思的在于'下卷'主人公们的命运、美的毁灭;本来是英雄,却成为'罪人'!包括主人公本人在内都有负罪感,这多么令人惊心!说实话,我本人,在战俘问题上科学的现代观念,也是最近这些年才获有的,在这个问题上,我们民族的历史文化也是表现得多么沉重!""自有人类就有战争。采集、狩猎者之间的争夺,是原始的战争,有战争就有战俘。对待战俘及其观念,是随着人类文化的发展而变化的。在西方,不仅有日内瓦战俘公约;而且在观念上把战俘当作战争中不可避免的、可以理解的、平常的、合理的现象,我想,这与'文艺复兴'以来的人道主义思潮的浸淫密切相关……我不敢非议在革命战争中弹尽粮绝、舍生尽节的烈士们,他们无疑是要千古垂范,万世师表的。但在朝鲜战争中被俘的战俘,与敌方作了可歌可泣的斗争,胜利归来,无疑也是应该受人尊敬,是大功臣,是大英雄……这需要从我们历史文化的观念方面思考悲剧的成因,不能简单地归咎于某些人。"顾先生最后铿然指出:"这不是一本普通的书。这是一本世界文化人士都会关心的书。这是一本人类文化学要研究的书。这是一本有巨大悲剧力量的爱国主义好教材。"顾先生的这篇书面发言,之后发表在1995年4月10日《北京日报》副刊上。2000年,张泽石出版纪实作品《我的朝鲜战争——一个志愿军战俘的六十年回忆》,2011年该书又由金城出版社推出修订版。该书以顾先生的这篇书面发言作为"代序"。张泽石因"忠诚于祖国""忠诚于战友"被推荐为2011年度"感动中国"50位候选人之一。而顾先生对《战俘手记》的论评,让我对其思想与情怀有了最初的认识。顾先生在书面发言中,还谈到他是在1949年渡江战役之后不久,转到地方从事新闻工作。我这才知道原来他是一位有从戎经历的老干部。

耿直之言,儒雅之态,谦谦之仪,令我对顾先生怀有肃然之敬。北京潘家园华威北里48号楼顾先生"煮默斋",是我不时拜访之地。大约只有七八平方米的客厅,墙壁挂着名人字画,顾先生斟茶,坐下,聊天即开始。顾先生虽每日忙于读书写作,但此种时刻,他会倾情接待,善于倾听,也很健谈。我们谈文学,也议文坛。时间差不多了,就一起去楼下附近的餐馆吃饭。他爱吃西餐,所以我们多是在他家北边的一个西餐馆共进西餐。礼帽、西服、手杖、西餐,这是顾先生晚年的"招牌",其中透着一种应该是来自少年时代的教养。

顾先生视我为忘年之交。他的书法甚精,运笔灵活而遒劲,我有幸得到他裱装镜框惠赠的法书,写的是"高山流水"

四字。

2014年12月,顾先生因肝癌住进北京佑安医院。顾苹女士告知,中国作家协会创研部两位负责人彭学明和何向阳代表创研部同仁到医院看望时,顾先生不时提及我的名字。重病中的顾先生已口齿不清,彭、何两位以为顾先生谈的是之前与我合编过什么书。其实我心里明白,顾先生说的是一篇文章的事。

2005年,是抗日战争胜利60周年。顾先生先电话与我联系,说要与我以访谈的形式写一篇关于抗战题材文学创作的文章。之后,给我寄来了他执笔的成文。我略加修改后送审通过,以《关于抗日战争文学创作问题——访文艺理论评论家顾骧》为题发表于当年8月18日的《文艺报》。稍后,《南方文坛》2005年第5期亦刊出这篇访谈。在这篇访谈中,顾先生讲述了自己于1944年年仅14岁即参加新四军苏北文工团的情形。接着略论抗日战争及其胜利的意义。谈到抗战题材文学创作,他认为70多年来成绩可观,并首先列举聂耳、田汉创作的《义勇军进行曲》与冼星海、光未然创作的《黄河大合唱》,因为这两首作品"既是音乐,也是诗,它们是一个时代民族精神的象征,是不朽之作"。关于改革开放新时期这一题材的创作,他认为不乏佳作,并举出"茅盾文学奖"获奖作品《战争与人》和《茶人三部曲》之二《不夜之侯》,认为这两部小说都是文化品位很高的艺术精品。但他又指出:"抗战题材的文学从整体上说不够理想。尤其是新时期以来,在文学相当繁荣的局面下,更显得抗日战争题材文学的冷落。这是十分令人不安的,值得认真反思的。"他说，世界上许多优秀作家都十分重视战争与和平的题材。海明威分别描写第一次和第二次世界大战的长篇小说《永别了，武器》和《丧钟为谁而鸣》成了现代世界文学名著。德国雷马克的《西线无战事》、德国雷恩的《战争》和法国巴比塞的《炮火》，都是具有世界影响的反战小说。苏联作家，从20世纪四五十年代到苏联解体，描写卫国战争题材的文学创作经久不衰，成就突出，一个"浪潮"接着一个"浪潮"。从写英雄人物到写"战壕真实"，再到"全景性"创作，每变换一个视角，每触发一种新的观念，卫国战争题材的文学就向前跨上一大步。而在我们这里，抗战题材文学创作似乎是陈旧的历史，写得"差不多"了。

在这篇访谈中顾先生还提出一个观点，他认为中国要有史诗性的不朽之作，大概会在这两类题材中产生：抗日战争与"文化大革命"。对后者，他不加以展开。对前者，他说，战争是生与死的搏斗、血与火的考验、爱与仇的交织。人性的善与恶、美与丑瞬息毕现。那种体现着为崇高的人的价值而献身的高尚情操、伟大的人道主义精神，是人性的净化、升华，具有激荡人们灵魂的力量。抗日战争题材是文学创作有待进一步发掘的巨大矿藏，今天来谈论这个问题，并非仅仅是为了"配合"，为了"应景"，为了"纪念"，从文学对历史的责任与文学自身的建设来说，这都是具有战略性意义的。关于抗日战争题材文学创作还存在哪些问题与障碍，写好抗日战争题材文学要把握的最重要的着眼点在哪里，顾先生列出一些时论，然后逐一辨析。一是"视野不够开阔，难见战争全貌"说。顾先生认为，这在20世纪五六十年代抗日战争题材文学中确实存在。但这个问题不难解决，也不是文学创作中最要害的问题。而且这些年"全景性"描写抗战的文学不是已经出现了吗？多卷本、几百万字、人物上千（比《战争与和平》人物多上一倍），不仅涉及中日两国、国共两党，还写到美、英、苏、德以及太平洋战场，真可谓"全景"矣！但资料性、文献性强于文学性，恐怕是文学之忌吧？二是"思想不够解放，对全民族抗战反映不够平衡"说。顾先生认为，这也确实是存在的问题，但这多半是政治性而不完全是文学创作本身的问题。而且这一问题近年来有所改观，电影《血战台儿庄》不是在前些年就已上演了吗？现在倒是另一方面问题值得我们注意：有些青年人不了解历史，认为共产党领导的军队除了平型关大战、百团大战，数不出多少大战役，怀疑共产党领导的人民军队的抗战业绩。这种错误认识是不了解中国共产党领导的八路军、新四军主要是在敌后作战，在敌强我弱形势下战争的主要形式是游击战。三是"不敢放笔写战争的残酷带给人们的苦难"说。顾先生认为，这确实是创作障碍之一。14年的抗日战争，日军暴行惨绝人寰，何止一个"南京大屠杀"。全民族的灾难源远流长，文学中不能表现难以想象。我们曾经将所谓渲染战争苦难作为"修正主义"的文艺表现，"文革"前就批过作家，批过作品。这也是"历史后遗症"。抗日战争文学绝不能排斥"悲剧美"。但是，抗日战争文学也应该风格多样。像孙犁的长篇小说《风云初记》，就是在抗日战争文学中别具一格，一枝独秀。孙犁不是着重表现战争的残酷，而是着重表现战争中的民族正气；不是着重表现战争的苦难，而是着重表现苦难中的人民心灵的美好闪光。因此,"优美"美学形态同样可以表现抗日战争时代精神,表现人民群众为正义事业而斗争的崇高主题。顾先生说,可惜,《风云初记》长期被怀有偏见者歧视,不仅在长篇小说代表作中排不上号,在纪念抗战胜利50周年时,一个权威的文学单位推荐的中国抗战文学名作百篇篇目的长篇小说类里,《风云初记》也榜上无名。至此,顾先生提出自己的观点:"抗日战争文学的创作要着重写人,从人出发,以人为归宿,做好'战争与人'这篇文章。"他认为这是写好抗日文学创作的核心问题、关键问题。但怎样才能写好人?他认为,我们过去的现实主义文学在人学问题上片面强调社会学,只从社会学角度看人。诚然,社会学是基本原则,社会关系是人的本质关系,但是若"在社会学和心理学统一的基础上建立人学",会使文学创作路子大大拓宽,他赞成这样的主张。所以,"人性、人道主义应是抗日战争文学的主题"。最后,顾先生说,随着岁月的迁移,创作抗日战争文学已经历史地落在没有参加过抗日战争的作家身上。但这与能否写好抗战题材作品没有必然关系。列夫·托尔斯泰出生在拿破仑入侵俄国那场卫国战争16年之后,但是他写出了反映那场战争的举世公认的伟大作品《战争与和平》。琢磨琢磨《战争与和平》,我们中国作家也许会从中找到答案,悟出玄机。

就是这篇《关于抗日战争文学创作问题》的访谈,让顾先生念念不忘。而顾先生10年前的这些观点,对当下抗战题材创作仍具有活生生的现实针对性。他所指出的问题,到现在也仍未得到根本的解决。

2014年12月20日下午,我从单位的冗杂公务中抽身,到北京佑安医院探望顾先生。躺在病床上的顾先生靠人摇起床板才能半直着身子与我交谈。我握着他的手说,希望您早日康复。新年就要到了,新的一年是世界反法西斯战争暨中国抗日战争胜利70周年,我们再一起写文章。顾先生听了欣快地说:"好!"

12月29日下午,再去佑安医院。病床上的顾先生此时已睁不开眼,一时清醒一时昏迷。我轻轻拍着他的手说:"顾老师坚持。"顾先生说:"好!"又昏睡过去。我心里清楚,顾先生已进入弥留时刻了。

2015年1月2日,刚刚迈入新年,寒风瑟瑟,顾先生永别人世。

"黄昏是美丽的。"

"生命的黄昏,是人生最成熟的时刻。他已走过漫长的人生路,经历了世道的沧桑。爱过,也恨过。笑过,也哭过。他可以以超然的心情'看庭前花开花落,观天上云卷云舒'。他可以少一点烦躁,多一点恬淡。他可以进入'荣枯过处皆成梦,忧喜两忘便是禅'这样虽说有几分消寂,却可一洗名利追逐的境界。"

顾先生的散文《也爱黄昏》中的这些文字,不亦是其人生暮年的自画?虽然我能感觉到,顾先生是带着很多的遗憾离去的。但这不是一位85岁的老人对生命的留恋,而是一位在人生的黄昏仍然为理想而奋斗的战士和知识分子面对这个爱恨交加的世界,要说的话,还没有说完。

克非的"逆向流动"

现在人们大都是从农村迁到城镇,从小城市迁到大城市,而克非先是从成都搬到绵阳,又从绵阳市区搬到乡下居住,并且一住就是20年,这种"逆向流动"为了什么?

在20世纪70年代,以描写川西北农村生活的长篇小说《春潮急》享誉全国的老作家克非,为了使自己的创作更贴近农村和农民,在退休之前举家离开城市,搬到四川省绵阳市青义镇的一个村庄居住,至今已整整20年。20年来他一边创作,一边从事红学研究,其小说和学术专著均产生了影响。本文完成后,2005年2月15日,75岁高龄的克非在绵阳遭遇车祸,在医院昏迷了三天三夜,所幸已脱离危险。在本文发稿之际，克非仍在住院治疗。

许多中年以上的读者应当记得，在20世纪70年代中期那个出版物极端匮乏的"文革"岁月，克非长达80多万字的长篇小说《春潮急》曾给他们贫乏的精神生活带来了愉悦和享受。克非目前的生活和创作状况如何？话题首先从搬家说起。

现在人们大都是从农村迁到城镇，从小城市迁到大城市，而克非作为四川省作家协会成就卓著的专业作家，却先是从成都搬到绵阳，又从绵阳市区搬到乡下居住，这种"逆向流动"为了什么？这么做家人乐意吗？

克非说："在搬到乡下之前，我已经50多岁了。对一个作家来说，50多岁应该是各个方面最为成熟、也是较有可能出好作品的阶段，时间比以前任何阶段都短促而宝贵，一转眼便过去。当时我的年龄、身体状况，也渐渐不能再像以前一样，老是到乡下各处跑动。我又是一个喜欢交往、喜欢活动的人，待在城市里，常有许多干扰。东来西去，任何激情，都会消磨得一干二净。于是打定主意，牺牲掉一切可以牺牲的东西，去乡间找个适合的地方，定居下来。"

克非以前长期从事农村工作，很了解农村条件的艰苦。他说，虽然过去老在乡下，但那是当干部工作蹲点或兼职，吃饭有人煮，喝水有人烧，住宿在农民家里或在基层单位，一切有人安排，不用自己费心。搬到青义镇这个村里定居后，情况就不同了。电话虽有，但程控改为手摇，经常打不通；电灯虽有，但经常停电，连大年三十的晚上也照停不误；自来水也有，但管子里经常放不出水来，自己不得不备上桶到江里去挑水用。烧饭做菜只能用蜂窝煤或烧木柴，价钱贵，还得托人去搬运，有时根本买不到。那时只有很小的公路，交通非常不便，出门只好靠两条腿，进城去办点事，都须骑自行车，遇上刮风雨雪天气就更难。有几次，多种困难连着出现，他也动摇了。但转念一想，那么多的农民都能过，他为什么不能过？农民世世代代都在过，他这一去，纵算最后到火葬场，其中也不会有太多的年月，有何过不得？况且他去的地方是个比较富裕的区域，距城市不太远，距小镇更是近；又何况他去不是靠耕种、靠体力劳动为生，有一份工资拿，再怎么也比一般的庄稼人过得好。后来，每当遇到困难，甚至萌生出撤走的念头时，一想一比较，一切就烟消云散了。

克非很感激家人对他的支持。他说："我的夫人对我的写作从来都非常支持。她1985年退休，这是我们到农村定居的一个重要条件。起先，当我说想长久去乡下居住时，她觉得不可思议，在得知我的全部想法、打算和各种可能遇到的不便与困难以及怎么解决后，她也就乐意了。在城市生活几十年，突然一下居住在乡间，各方面落差很大，对她来说，的确很难，种种不习惯、不适应，失去的也多。开始的那几年，她有过小抱怨。但每次经过安慰和解说，便也就很快释然。现在她已习惯乡居生活了。"

克非说，搬到农村居住到现在，20年过去了，绵阳市经济发展很快，他居住的地方变化也很大，场镇规模扩大了好几倍。有了大公路，公交车一天几十趟，无论去哪里都十分方便；水、电、气也都不再缺，市场供应好，物质生活条件也与城市没有什么两样。他也由陌生到熟悉，再到和乡亲们打成一片，融入当地社会了。

克非本名刘绍祥，1930年出生在四川眉山的一个普通农家。4岁即上私塾。1950年自西南革命大学成都分校结业后，先后在安县和绵阳地区从事农村和宣传工作。1979年调入四川省作家协会当专业作家，直到1992年退休。

克非的小说处女作《阴谋》于1955年在《西南文艺》发表后，即被《新观察》转载，还出了单行本。1956年克非开始写作长篇小说《春潮急》，1959年写完初稿，1966年上海人民出版社准备出版，因"文革"开始而被耽搁，直到1974年，该书才得以出版。全书80多万字，上下两册。由于该书的艺术特色，加上那个年代书店里的书寥寥无几，该书发行量达200多万册。改革开放后，克非先后创作发表和出版了长篇小说《山河颂》《满目青山》《鸦片王国沉浮记》《无言的圣莽山》，中篇小说《多面神》《头儿》《牛魔王的后代》，短篇小说《在僻静的山沟里》、《火星闪闪到天明》、《花蜘蛛》、《人在奈何天》（系列）等100多篇，以及杂文100多篇，此外还出版了两部学术专著《红楼雾瘴》和《红学末路》。

克非的小说大都是以农村生活为题材，这与他的生活经历有极大的关系。其中川籍作家沙汀的作品对他的影响尤深。建国初期克非参加工作时，刚好分配在川西北沙汀的家乡安县，和他一起工作的年轻知识分子大部分是本地人，而且几乎全是沙汀的崇拜者。他们带着自豪的意味，向他讲家乡的这位大文豪，讲沙汀的作品，讲他传奇式的人生和种种轶事，讲得最多的是沙汀作品中人物的原型。当时的克非虽然知道沙汀这名字，但未读过他的书，于是便寻找沙汀的作品来读。他发现，沙汀作品大都取材于故乡，风格十分独特，艺术性很高，写人状物极为简练、准确、深刻、幽默，非常吸引人。沙汀作品里写的那些环境，就是那时克非每天生活、工作的环境；沙汀写的那些农民，就是克非时时刻刻与之打交道的农民；作品中许多描写得极为逼真的细节，也是克非在生活中时不时便会碰上的。因此他读起来格外亲切，每次读都兴味盎然。当时他从事的是农村工作，长年累月和农民吃住在一起。沙汀的作品帮助他较快地了解了当地农村和农民，使他较快地了解了他们的思维方式、心理习惯和特殊的语言表达方式。有时候读沙汀的小说，他甚至产生幻觉，弄不清是在读作品，还是在农民当中和他们对话。久而久之，克非有了创作的冲动。因此，回顾自己的文学道路时，克非说，先辈作家中对他影响最大的是沙汀。

克非的大部分作品都是在乡下写的。我问克非，对于主要写农村题材的作家来说，住在农村与住在城市对创作的影响有何不一样？作家多数时间住在城市，能否写出优秀的农村题材作品？克非说，这要看具体的作家而定。有的作家，即使是下乡的时间不多，主要时间住在城里，也能写出质量很好的描写农村农民的作品。有的作家，比如他本人，可能因为笨，也可能由于长期养成的习惯，如果住在城里写农村农民，时间一久，心头便觉得虚，脑子也发钝，再久，就提不起劲，缺少激情。相反，在农村写作，每天都会有新的感触，产生新的灵感，特别是较容易保持足够的激情。

克非说，从写作的物质条件来说，乡下当然不如城里。

有时觉得，在乡下写作似乎还好些：少干扰，空气新鲜，独处一隅，也比较能够清心寡欲；跟描写对象距离近，写作的漫长过程中时不时见到他们，听到他们的声音，了解到他们的生存状况，灵感总是容易触发，激情也不易衰减；写不下去时，找他们聊聊，也就通泰了。

多年来与农民朝夕相处的克非认为，中国农民是一个最不设防、最能接纳异己、最能和人肝胆相照的群体。中国未来的一切，成功或失败、辉煌或平庸，都将由这个世界上最庞大的、最有潜在势力的群体的变化来决定。他们前进，中国必会飞速发展；他们停滞，必会抑制着整个社会前行的步伐。未来的几十年，将是中国农民最光明、最辉煌、最充满希望、最充满生气的几十年，然而也将是遭遇许多坎坷、困难和艰辛的几十年。他说，他居住在乡村的一个重要原因，是想通过零距离的、长时间的、真切的观察了解，以期有朝一日用我的笔，记下这些必将以"划时代"称之的变化。

问到克非今后有何创作计划，他说，他有一部长篇小说已写了一半，想在今年上半年将它写完。以后就投入到有关农民进城转化为都市人，最终在城市定居下来，成为城市居民的一个不可缺少的组成部分的长篇小说的具体构思和创作。这个题材甚大，人物也多，还未想清楚是写一部，还是写成一个系列。

忧文忧天毕四海

关于毕四海先生,已七年不睹风采,五载不闻音声了。

然而,他的状况,一直萦怀。他亲笔签赠的七卷本《毕四海文集》一直摆放在书柜里。每望一眼,毕先生方正的脸孔、亲切的笑容如在跟前,风趣幽默的话语犹响耳边。

先说幽默。前文提及五载不闻毕先生的音声,那就追溯五年前我俩的那一次言语交往吧。2008年12月,香港作家吴正的中篇小说集《后窗》研讨会在京举行,我为此书写了一篇评论。会后,因考虑书是山东文艺出版社出的,想在《山东文学》刊出拙评,以为毕先生仍在那里主持,故于2009年岁初拨打了他的手机。听了我的想法,毕先生叫了起来:"一宁，我退休啦！稿子直接给刘新沂吧。我完蛋啦！"一句"我完蛋啦"让人莞尔。也就在那次电话中，我得悉了毕先生患严重眼疾，欲二度赴英国治疗。

毕先生的幽默，更体现在他的小说中。而他小说的幽默，又更多地体现于人物的语言。试举一例，小说《驴庙》里因对村民设私刑而被拘的女村支书张荣兰，获释后对县委书记秘书小赵说的两段话："韩一邦（乡党委书记）他想弄我，述，咱眼角里根本就没有他。俺认得的领导，赵秘书，你是知道的，哪一个不在他的头上垒三个窝？他来到这个公社，开头俺也想敬他，拿他的屁当圣旨，恨不能年轻二十岁，把身子给他……嘿嘿，小赵，俺年轻时候，事儿好办得很，为什么，还不是嫩？掐一把冒甜水儿。他，个述，处处找老娘的事儿，这也不行，那也不中，这杆旗是假的，那朵花是纸扎的。贼囚，休想搞一朝天子一朝臣呀，你想吃了咱呀！""咱是经过大风大浪的，七八任县里、公社，谁不宠着俺，连'文化大革命'，也没人敢咋呼，你个贼囚抓老娘的辫子，好哩，你抓呀！说我打骂群众，好驴好马都是打出来的，我和他说，1958年大炼钢铁，1960年修水库，哪个民工没挨过几绳子？修大寨田，更不用说了。不收拾贼羔子，哪里来的卫星、红旗？我看好了，庄户人吃硬不吃软，上头人吃软不吃硬……那小子我为啥收拾他？他自己不给钱不算，还煽风点火，联系左邻右舍跟他学。坏肉一块不除，满锅腥呀！那小子可恶，反动，反党，骂我的税比国民党的税还多！这种人不收拾，天不变了？没想到，韩一邦个贼羔子，给那小子撑起腰……嘿嘿，三个韩一邦也动不了俺一根汗毛，动俺一根汗毛，叫他给俺栽上一棵柳树……"诚然,从小说人物的这两段话中,有心的读者品出的当不止于幽默。

写到这里,回头解释一下本文的题意。"忧文",忧文学也。"忧天",忧天下,即忧国也。

与毕先生结缘,或许应追溯至20世纪90年代初。其时,"《文心雕龙》研究会"在山东枣庄召开年会,我作为《文艺报》记者受邀与会采访。会议期间,主办方组织参观枣庄师范专科学校。在枣庄师专,该校领导和教师介绍校史和校况时,皆将毕四海这位校友引以为荣。不是言必称毕四海,也是总挂在嘴边的。毕先生给我的深刻印象,就是从那时开始,尽管还只闻其名。

之后,在某次全国人大、政协会议上,得以采访毕先生。彼时毕先生是全国人大代表。在北京京西宾馆,首次出现在眼前的毕先生,天庭饱满,气宇不凡。我提起枣庄师专之行,毕先生果然动容,一下子拉近了距离。采访的话题,谈文学,也谈国事。谈到文学的受冷落,文学刊物的不景气,毕先生收敛亲切的笑容,变得忧心忡忡。他问起《文艺报》的经费来源,我说大部分要靠报社自己挣。他听了连连呼叫:"完了完了!我还以为你们是全额拨款,我回山东好以你们为例子向省里申请经费呢!完了完了!"看他失望的样子,我亦默然。

后来,我听说他给山东省作家协会的两家纯文学期刊争取到了每年50万元的财政拨款。第二年的"两会"上,再次采访毕先生。他说:"这次在山东组的讨论会上,我在发言中又谈到《山东文学》的经费问题。省委书记说毕四海你又叫喊什么呀,不是给你钱了吗?我说你给我的是人头费,可办刊经费你还没给我啊!"听罢,我只能陪他苦笑。

2007年1月6日,《山东文学》和淄博市作家协会在淄博联合举办小说家孙方之的作品研讨会,毕先生邀我与会。在那次会上,我才听到时任《山东文学》副主编的刘新沂先生说该刊是自收自支事业单位,"九个在职的要养十一个离退休的,你看把老毕愁的。"我听了朝毕先生看去,果然发现他虽天庭仍很饱满,却也一脸愁容。

对文学,毕先生不得不忧,因为他是作家,是省作家协会副主席,是省刊主编。对"天下",则可忧,亦可不忧。可忧,无论从公民意识的角度,还是从人大代表履行职责而言,忧国是正常的。但从某些只知举手甚至连"两会"都借故不参加的代表委员的表现来看,"不忧"也是可以的。但毕先生是实打实的忧国者。第一次见面采访,他谈起某个全国闻名的贪官在被调查期间仍然收受贿赂时,从座位上霍然起身,在我面前转着圈子。那激动的样子,那切齿痛恨的样子,那血脉偾张的样子,至今仍清晰地留在我的脑海中。

2005年6月,为纪念红军长征71周年,中国作家协会组织"重访长征路"采风活动。参加采风的作家分成三个团。我随同毕先生所在的三团采访。《文艺报》特辟专栏,刊发采风团作家的感言。在四川阿坝州的若尔盖县住宿时,我收集作家们的感言以发回报社,有的作家写得很认真,但有的写得甚勉强,而毕先生交来的感言,最为深沉,最为动人心弦。他是这样写的:"一个民族为了脱胎换骨,获得新生,从几千年的封建专制桎梏中走向民主、共和,第一要义就是要从没有路的地方——草地，或者雪山，或者荒漠走出一条新路。这条新路是需要生命和灵魂去开拓的，是需要这个民族的许多精英去牺牲和奉献的。红军长征所走出的路就是这样一条新路，路上有血肉、筋骨、灵魂。这些无数鲜活的生命在71年前积淀下来，便成了共和国的诞生之路。我走在71年前的这条创新、突破的路上，不知道为什么，我想起了中国的改革开放，想起了那个春天，想起了邓小平。中国从20世纪70年代末开始的那场史无前例的改革、开放，也是从没有路的地方走出的一条新路。这条路的前头是民族的复兴，现代文明的灿烂图景……"

我觉得，毕先生关于红军长征的这一段感言，或许也是理解他的创作的很好的证词。毕先生的小说，人物性格常常是复杂的，寓意往往是深刻的。从他的作品中，读者能强烈地感受到作者对民族复兴、现代文明的呼唤和追求。如此的眼界和胸襟，使他的创作始终站在时代的前沿，他的很多作品即便发表于前些年，但至今读来让人犹觉作家是对当下现实的发言。譬如，前文所举之小说《驴庙》，读者不觉得正是当下举国热议之依法治国理念的形象而生动的演绎？而毕先生，又怎的那么早就写出了这样的小说呢！

听说，英国人也没能把毕先生的眼疾治好，他的视力已无法看书写作。然而我想，写出了那么多充满人生智慧的作品的毕先生，内心还是很明亮的吧。

第四辑

建设多民族共同的精神家园

《民族文学》创刊迄今,已走过35个春秋。乘着改革开放的春风问世的《民族文学》,在市场经济和全球化的时代浪潮拍击中,日益显现出醒目的独特风姿。

《民族文学》以凝聚少数民族作家、培养少数民族文学新人、发展繁荣少数民族文学、促进民族团结进步为创刊宗旨。创刊以来,历任主编和编辑秉持创刊宗旨,牢记刊物使命,兢兢业业,推作品推人才,相当一批少数民族文学的名家大家,即是从《民族文学》起步,从《民族文学》走向全国乃至世界。因为《民族文学》的努力,我国55个少数民族告别了口头文学时代,全部拥有了作家文学。在某种程度上，《民族文学》改变了中国文学的格局，重绘了中国文学的地图，使中国文学的演进和发展更为丰富多样。

21世纪以来，在中央和社会各方的关心重视下，在各民族作家、翻译家和读者的热切支持下，《民族文学》进入了跨越式的发展阶段。汉文版的影响进一步扩大；2009年和2012年又分别创办蒙古族、藏族、维吾尔族、哈萨克族和朝鲜族等少数民族文字版。5个少数民族文字版的创办使刊物的覆盖面空前拓展，因蒙古族、哈萨克族和朝鲜族是跨境民族，因此，《民族文学》蒙古、哈萨克和朝鲜等少数民族文字版又具有国际刊物的性质，创刊后迅速辐射周边国家和地区并产生影响。2015年，《民族文学》被国家新闻出版广电总局评为"百强社科期刊"，被北京大学等高校列为"中文核心期刊"。目前拥有6种文字版的《民族文学》，是国内乃至世界文学期刊界的一个重要存在。

《民族文学》之所以能不断发展壮大，越办越有影响，除了来自国家和社会各方的支持和助力因素，细思尚有一些体会。

首先是谨记和坚持创刊宗旨，把握正确办刊导向。《民族文学》不同于一般的文学期刊，它既是文学工作，又是民族工作。除了要把好文学关，更要把好政治关、民族关、宗教关。几乎每一篇稿件，都会涉及这四关，是对这四个方面水平、能力的挑战和要求。因此，作为《民族文学》的办刊人，需要成为一个精通业务的文学编辑，更需要增强大局意识、政治意识，需要加深了解民族政策和民族知识，在心理素质上，在工作态度、方式和方法上，还需要格外的敏感、细致和耐心。《民族文学》的办刊历史证明，几代办刊人成功经受了考验，使刊物在各个时期都能平稳健康发展。

广泛凝聚和团结少数民族的作家，是办好《民族文学》的又一重中之重。55个少数民族，老中青几代作家，在我们的办刊中都要兼顾，不厚此薄彼，不搞小圈子。对人口较少民族的作者，适当倾斜和扶持。这些办刊思路，要贯穿到每期杂志的编发过程。要通过这份刊物，让各民族作家感受到平等和尊重，感受到《民族文学》真正是少数民族作家之家，感受到"家"的关爱、温暖和温馨。

青年作家是少数民族文学的希望。培养文学新人，不断推出新人新作，是《民族文学》几代办刊人丝毫不敢懈怠的职责。近年来，《民族文学》先后推出蒙古族、藏族和维吾尔族青年作家专号，每年推出青年作家专号或专辑。少数民族女作家大量涌现，是非常可喜的现象，因此，《民族文学》每年亦以专号或专辑的形式，推出以青年作者为主的少数民族女作家作品。

凝聚和团结作家，出精品、推新人，不仅体现在审稿、编稿的环节上，还体现在从创作的源头抓起。《民族文学》历来重视引导作家深入生活，扎根人民，重视对作家进行培训和辅导。《民族文学》的6种文字版每年都分别在全国各地举办作家和翻译家改稿班、培训班、笔会、研讨会和文学实践活动。参加《民族文学》这些活动的作家和基层作者每年多达数百人。

办好一个刊物，准确定位和确立品格很重要。《民族文学》以"民族风格，中华气派，世界眼光，百姓情怀"为办刊方针，在具体的实践中，需要办刊人再三拿捏把握。《民族文学》因为作者群和读者群与其他刊物有所不同，因此对稿件的要求和审稿的标准也有所不同。正确的历史观、民族观、国家观、文化观，既真实反映生活、深刻描写人性，又积极健康向上、给人以阳光和希望的主题和内涵，是《民族文学》对作品的选择标准。

保护少数民族语言文字，是我国一项重要的民族政策，充分体现了社会主义制度的优越性。《民族文学》蒙古族、藏族、维吾尔族、哈萨克族和朝鲜族等文字版的创办，将这项政策具体落实到了国家级的文学平台。5种少数民族文字版创办后，杂志社工作人员千方百计想办法让刊物走入蒙古族、藏族、维吾尔、哈萨克族和朝鲜族地区的农村、牧区、学校和企事业单位。《民族文学》也深受这些地区作者和读者的欢迎。其中藏文版还发行到3750多座藏传佛教寺庙，不仅拥有僧人读者，还拥有僧人作者。5种文字版除了发表少数民族语言原创作品，更多的是发表翻译作品，参与《民族文学》翻译工作的翻译家，有的文版多达上百人，是对各民族翻译家的广泛动员。《民族文学》少数民族文字版的创办，让少数民族语言作家和翻译家能在国家级的文学平台施展才华和抱负，对保护少数民族语言文字和中华文化多样性，对巩固和促进民族团结所发挥的作用是显而易见的。

拓展民族文学的边界，是《民族文学》的又一富有意义的实践。《民族文学》主要是面向少数民族读者和作家的一份刊物，这一定位迄今未变。但这并不意味着汉族作家的作品没有机会在《民族文学》亮相。多位著名的汉族作家为《民族文学》撰写了卷首语，多位汉族评论家在《民族文学》发表关于少数民族文学的理论和评论文章。尤其是5种少数民族文字版的创办，更为汉族作家的作品与少数民族读者的交流创造了更多机会。目前5种少数民族文字版每期译载的作品，选自全国各文学刊物的新近佳作，其中汉族作家的作品占三分之一，实际上是中国当代文学的选刊。因此，可以当之无愧地说，《民族文学》从事的是多民族文学的事业，是中华56个民族共同的精神家园。

畅写中国各民族的共同梦想

金秋十月,迎来了新中国 65 周年华诞。

65 年的风风雨雨,65 年的奋斗拼搏,新中国步履沧桑一路前行,创造着奇迹,铸写着辉煌。国家富强、民族振兴、人民幸福,这是新中国 65 年不平凡历程的艰苦求索,也是中国各民族对未来的共同梦想。

为了向新中国 65 岁华诞献礼,《民族文学》杂志社今年 6 月组织了"中国梦·多民族作家酒泉行"采风活动。河西走廊西端的酒泉,是一片神奇的土地,浩瀚戈壁,雄浑大漠,平野绿洲,海市蜃楼。"暮云空碛时驱马,秋日平原好射雕。"古往今来,酒泉壮丽的风光令多少文人骚客高歌低吟,舞墨挥毫。汉长城、明长城，阳关、玉门关，标点着中国历史；鸣沙山麓、大泉河畔的敦煌莫高窟，10个朝代1000多年的不断开凿，492个洞窟、4.5万平方米壁画、2000多身彩塑，以宏伟的规模、灿烂的艺术震撼着世人，征服了世界。莫高窟飞天女的形象，又是中国文化的一个标志，中国人千年梦想的一个象征。历史上的酒泉，既是各民族逐鹿争雄之沙场，烽火狼烟，此起彼伏；又是各民族交流之宝地，乃通往西域的要塞，丝绸之路的重镇。新中国的诞生，更使古老的酒泉大地注入活力，焕发青春。1958年，自大漠深处崛起的酒泉卫星发射中心，承载着全民族的厚望和重托。一枚枚火箭从这里射出，一颗颗卫星从这里升起，神舟一号至神舟十号飞船，自豪地巡游太空，向世界宣告中国人实现了千年的飞天梦想。羌笛无须怨杨柳，春风早已度玉关。劝君更尽一杯酒，西出阳关有故人。酒泉有着神话般的历史，更有着神话般的现实！本期编发的"多民族作家酒泉行"专辑作品，有对酒泉自然美景的描摹绘写，有对酒泉历史人文的沉思遐想，更有对酒泉日新月异的当代风貌的炽热叙述。尤其是共和国领袖们打造国防利器的高瞻远瞩，酒泉卫星发射中心科学家和技术人员的攻坚克难，国防将士的奉献牺牲……在作家们的笔下得到了娓娓动人的书写，熠熠生辉的再现。这组作品不仅反映了多民族作家们酒泉采风的成果，更涌流着作家们心中澎湃的中国梦、祖国情。

新中国并非平地而起，横空出世。她是从金文、甲骨文、秦砖汉瓦、唐诗宋词中走来，她是从抵御外侮、救亡图存、枪林弹雨中走来。进入新时期的新中国，改革开放使她经济腾飞、文化复兴、人民安康。本期的其他作品，以不同的体裁和题材，从不同的侧面和角度，演绎和诠释了新中国的浴火重生、历史传承与文明创新。

新的世纪，新的征程。面对新世纪的诸多挑战和考验，65岁的新中国依然朝气蓬勃，统一的多民族国家的未来生机无限。深信我国各族人民的共同梦想，将为更多各民族作家化作诗意浓情，凝聚生花彩笔，铺展锦绣篇章。

青春犹做伴，华年更精勤

岁月步履匆匆，时光翻开新的一页。

新年给人们带来新的希望。2016年第一记钟声的敲响，对《民族文学》又别具意义——迎来创刊35周年。

35年前，乘着改革开放的骀荡春风，《民族文学》应运而生。秉持"繁荣少数民族文学，促进民族团结进步"办刊宗旨的《民族文学》，得到党和国家的高度重视，受到各民族作家和读者的热忱支持。历任主编和编辑前辈克诚克敬、勤恳耕耘，为了联系作家，辅导创作，多出精品，他们除了案头灯下的工作，还风尘仆仆地奔走于祖国的四面八方。北疆南国，雪域高原，草地牧区，山村乡寨……广袤的民族地区留下了他们的足迹，印下了他们的辛劳。

新时期以来，几代少数民族作家以手中的笔，描摹中国社会的变迁，展现民族进步的历程，刻画各族人民生活和奋斗的风貌。紧扣时代的脉搏，倾听各民族作家和读者的心声，《民族文学》一期期刊物推作品，一届届笔会举新人。因为《民族文学》的努力，使得中国55个少数民族基本告别了口头文学时代，拥有了自己的作家和作家文学。一批批民族作家从《民族文学》起步，从《民族文学》走向全国，走向世界。

中国是多民族国家，这一基本国情决定了中国文学的多民族性质。《民族文学》的存在，在一定程度上改写了中国文坛的格局，重绘了中国文学的地图，使中国文学的百花园增辉增色，使中国文学的演进丰富多样。

新的世纪，《民族文学》获得跨越式的发展机遇，刊物从一衍生为六，汉、蒙、藏、维、哈、朝6种文字版，使《民族文学》的覆盖面空前延伸，读者群大为扩展，《民族文学》在中国也在世界文学期刊之林高高挺立，成为一道引人注目的亮丽风景线。

35岁依然年轻。35岁仍是锦绣年华。但对一本刊物来说，35岁应该是很成熟了。民族风格，中华气派，世界眼光，百姓情怀。回眸创刊以来的一个个脚印，重温办刊的点点滴滴甘苦，思量各民族作家和读者的热切期待，作为少数民族文学期刊"国家队"的《民族文学》，作为《民族文学》的办刊人，深感任尤重，道漫远。

文学期刊是作家和读者的精神家园，它潜移默化地参与民族精神的构建和民族美学的张扬。眺望远方的地平线,盛年的《民族文学》唯有一如既往地全神贯注,奋力前行,方能不辱使命,不负重托。正是:青春犹做伴,华年更精勤。

少数民族文学的新发展

时光之步履迈进2019年。

2019年,亦将是意义非凡的一年。我们刚刚走过改革开放40周年,又迎来新中国成立70周年。历经风雨洗礼的人民共和国,正昂首阔步走在中华民族伟大复兴的康庄大道上。

文学是时代的晴雨表,是人民的心声。作为中国文学重要组成部分的少数民族文学,始终感应着时代的变迁,与各族人民的心灵共振,与祖国日新月异的飞跃同频。沿着新时代少数民族文学繁荣发展的势头,《民族文学》在新的一年又以新的面貌(汉文版进行扩版)迎接广大读者,页码由160页增加至208页。这是刊物2015年以来再次扩版,这次扩版意味着《民族文学》进入了刊发长篇作品的期刊行列。

新时代以来，少数民族文学获得了跨越式的发展，呈现出繁荣兴旺的景象。党和国家高度重视少数民族文学，中国作家协会自2013年起持续实施"少数民族文学发展工程"，就少数民族文学培养人才、鼓励创作、加强译介、扶持出版、理论批评建设等方面给予政策支持和经费投入。少数民族创作队伍日益壮大，中国作家协会和各地作协少数民族会员人数不断攀升，文学新秀层出不穷，老中青三代作家埋头于创作，活跃于文坛。少数民族优秀文学作品源源涌现，频频亮相于全国各文学期刊和出版社的图书。作为少数民族文学期刊"国家队"的《民族文学》，更责无旁贷地肩负着繁荣少数民族文学、促进民族团结进步的重任，引导各民族作家深入生活，扎根人民，在各族人民追求美好生活的奋斗中激发灵感，点燃诗情；组织各种改稿班、培训班、笔会和研讨会，从中发现新人，培养后备力量；通过积极组稿，认真编稿，打造文学精品……此次扩版，既是《民族文学》对新时代少数民族文学繁荣局面的热忱呼应，亦是新时代少数民族文学发展的又一标志，又一浓墨重彩。

《民族文学》的这次扩版，还是向新中国成立70周年的致敬。扩版后的《民族文学》，将以刊发长篇作品的新栏目《长篇聚焦》为龙头，促进各门类作品的创作。并从今年第1期起，开辟《庆祝新中国成立70周年》栏目，刊发相关献礼作品。第1期发表的关仁山、杨健棹合著的长篇小说《一身芬芳》，体现了本刊对加强现实题材创作的关切和提倡；益希单增、亚明的小说，纪尘等的散文，阿卓务林、阿顿·华多太的诗歌,周景雷、张柱林、李林荣、邱婧的评论,也都可圈可点,体现了作者深厚的生活经验、写作实力和功力。

《民族文学》将以这次扩版为新的起点,继续兢兢业业,勤勉精进,以不断推新人、出精品来回馈读者的期许,接受时代的检阅。

八桂文化扑面来

广西,是中国少数民族人口最多的自治区;广西,是青山秀水、四季花开的美丽边疆。多姿多彩的民族文化、苍翠黛绿的自然风光,唤起多少梦想和灵感,多少诗情与画意。广西,又是中国西部大开发战略和北部湾经济区发展规划中的耀眼角色,是一年一度的中国 - 东盟博览会的永久会址。在中国经济建设大潮中正迎头赶上的广西,在全球化时代正昂首走向世界的广西,亟待国人的关注,亟须世界的了解。罗黎明主编、广西民族出版社推出的十二卷本《广西世居民族文化丛书》,是应运而生的及时之作,它无疑承当着一种重要的使命,具有非同一般的现实意义。

"八桂文化扑面来",这是我阅读这套丛书的第一感觉、第一印象。十二本书,将壮、汉、瑶、苗、侗、回、京、彝、水、仫佬、毛南和仡佬十二个广西世居民族的文化风情囊括在一起,分别呈现。尤其值得一提的是,每本书中穿插的大量精美图片,给读者视觉带来强烈的冲击力、诱惑力与吸引力。而丛书的图文并茂,既是来自写作者与摄影者绽放的才华,更是来自写作与拍摄对象——十二个民族的文化闪射的璀璨光辉。

从每本书的扉页上都能看到,这套丛书有着一个可观的编委会阵容,显示了该丛书的严肃性和庄重性。从内容的要求、体例的规定到作者的选择,丛书在整体上体现着策划者和编者的意图。十二个民族,从起源到发展,从历史到现实,生老病死、衣食住行、婚丧嫁娶,日常生活和宗教信仰,得以追本溯源、究根诘底与浓墨重彩、淋漓尽致的表现。丛书在此给人一种纵深感和整饬感。

在内容上,丛书是跨学科性的,涉及历史学、人类学、民族学、民俗学、宗教学、地理学等学科,广泛的涉猎、宽广的视野,给读者提供了知识的盛宴和思想的极大启迪。严风华的《壮行天下》一书,叙述了中国少数民族中人口最多的壮族的历史起源、传统文化与现代生活,并从八桂多山多水的地理条件中,从多民族杂居的人文环境下,探索壮族民族性格塑成的途径。书中一再提及,正是千百年来与刚毅的山、柔和的水的共处,深得山水的浸染,使得壮族人有了山峦海河的坚韧、宽容、开放、拓展的秉性。广西长达1500多公里的海岸线,又使得壮族不仅具有山地民族而且同时还具有海洋民族的生理特征和性格特征。海洋文化的性格，使壮族文化呈现出开放性、拓展性。从历史上到今天，外来人口特别是汉人，大量迁入广西，而壮族人皆以宽厚的态度接纳，形成了一个和谐美满的民族大家庭。容本镇的《岭外汉风》一书，以宏富的史料为依据，揭示了广西各民族在历史上互相影响的历史事实。书中意味深长地指出，壮汉互相影响，你中有我，我中有你，这是一种在世界上很多地方都看不到的奇特现象。今天的广西，各民族相互尊重，相互包容，和谐共处，是与这种悠久的历史文化有着深刻的渊源关系的。其他各卷，如冯艺的《瑶风鸣翠》、严风华的《风起苗舞》、蒙飞的《侗情如歌》、海力洪的《南国回风》、包晓泉的《京色海岸》、黄佩华的《彝风异俗》、包晓泉的《水秀南方》、何述强的《凤兮仫佬》、李甜芬的《本色毛南》、李金兰和郭亮的《仡佬风存》，也展现了类似对民族历史与文化的深入探问，对民族和睦团结的史实的充分呈现。丛书体现了中国作为多民族国家的文化多样性和丰富性，也体现了中华文化的内在向心力与凝聚力。严谨而充实的史料准备，高瞻而允当的主体立论，使得丛书不是学术专著却具学术品格，不是政治读物却有现实关切。

这套丛书还有一大亮点，即它浓郁的文学性。丛书的作者大都是广西的著名作家。因此，丛书在某种程度上又体现了广西文学的阵容与实力。惹人注目的是，并非各卷的作者都具有相应的民族身份。如冯艺、黄佩华、严风华、蒙飞、李甜芬等是壮族，包晓泉是仫佬族，但作家们书写的对象即使不是本民族，对所表现的他民族文化也是充满热爱与虔敬。

这种"跨族"书写本身，不亦同样印证着广西各民族的和谐共处？从丛书各卷中可以让人感受到，作家们对自己身为八桂人的自豪感与归属感；而作家们的生花妙笔，又与十二个民族的斑斓文化相互辉映，提升着丛书的内涵与品质，也营造着丛书深入浅出的生动性与可读性。因此，这套丛书于统一之中又有明显的差异，反映着作家们的各具个性与各异风格。而丛书严肃中带着活泼，庄重中蕴含趣味，或行云流水，或娓娓道来，诗意的文学语言对民族文化的解说与传达，也不断地激发和满足着读者的审美欲求，同时，也寄托并实现着广西各民族作家承续民族文化、开启崭新未来的想望与抱负。

"壮族三月三"的凝思

一年一度的"壮族三月三"又将到来。它与南宁国际民歌艺术节一起构成了广西最重要的民族文化节日。

相对于已有22年历史的南宁国际民歌艺术节（从其前身广西国际民歌节算起），"壮族三月三"是一个古老而又年轻的节日。古老，是因其与壮族历史同在；年轻，是它被确定为广西民族习惯节日只有三年。南宁国际民歌艺术节22年累积的经验、人气、品牌及其国际参与和影响，其知名度与美誉度在全国众多文化节日中可谓数一数二，成为广西文化产业链的重要一环。相比之下，"壮族三月三"节日作为文化产业拉动文化消费、塑造文化品牌、创造文化附加值，从而对广西经济发展做出贡献的可能性仍有待进一步证明。

然而，"壮族三月三"节日的短板亦可转化为优势。它被正式命名是在我国出台了包括《非物质遗产保护法》在内的一系列相关法令法规和政策举措，并加入了相应的世界公约，形成了对民族文化遗产的有效保护机制之后，是在全国各地各种节日文化多有成功经验的示范之后，因此可以顺乘东风，在坚守自身民族文化内涵与特色的基础上，多方吸收借鉴，通过文化创意加快品牌塑造，健康与可持续地发展。

21世纪最重要的变革是创意经济时代的来临。创意产业在某种意义上是创意经济的同义词，是指将内容作为最终消费产品加以产业化的产业。但最狭义的创意产业定义，特指文化产业。创意与创新互为表里，创意与创新是创意经济时代社会发展的核心驱动力。

"壮族三月三"节日是壮族文化的历史积淀，有其特定的历史内涵与文化价值，有其值得珍视与保护的原生态。将这一节日纳入文化创意的思考，是否合适，会不会造成对这一节日的扭曲和破坏？这个问题涉及对文化的本质的理解。美国学者William J.Murtagh认为："文化是在社会文脉中研习和传播的，也是可以改变的。文化的同义词包括生产方式、惯例、传统、社会实践和民俗等。"传统文化包括民族节日的传承是在当代语境中进行的，不可避免地会打上当代生产和生活方式的烙印。而当代生产和生活方式，与创意是密不可分的。因此，从文化创意产业的角度保护和利用"壮族三月三"节日，是广西建设民族文化强区的一条必要途径。"壮族三月三"于2014年被确定为广西民族习惯节日，实际上就体现了一种文化、经济乃至社会发展的创意。据统计，作为"壮族三月三"节日重要内容的"三月三歌圩"涉及人口2700余万人，占全区总人口的54%，主要集中在南宁、柳州、百色、河池、崇左、来宾、钦州、防城港市等少数民族聚居地区和梧州、玉林、贺州市等一些汉族聚居地区。这些统计数字仍有继续扩大的可能性。因为作为一个全区放假两天的重要节日，也由于广西各民族的相互包容与团结，"壮族三月三"已不仅局限于壮族，而已成为广西全民参与的狂欢，这从前两年的同一节日活动中全区各地各民族的热情参与中可以得到检验。可以毫不夸张地说"壮族三月三"是广西全民的节日。今天的"壮族三月三"，除了原生态的一面，其实也已注入了与时俱进的时代内涵。

创意产业视野中的"壮族三月三"，又是怎样的图景？这自然是需要集纳各方面思想和智慧资源的群策群力的构思与实践，笔者在此不揣浅陋，试抛一孔之见。

首先应有关于"壮族三月三"的创意产业思维基础之上的顶层设计，包括建立全区性的"壮族三月三"节日活动筹备组织，对各地节日活动进行协调，对区内外、国内外的观光者、考察者、投资者、旅行社和新闻媒体等提供咨询与中介。需要强调的是，"壮族三月三"是自发、原生的民族习惯节日，民族民间文化的天真、质朴、自由、活泼的本来样貌和原生态应得到完整传承。因此，这一全区性的筹备组织应不具行政性，而更宜为半官方、半民间或官方指导下的民间组织，它仅具协调、咨询、中介和对外发言等服务功能，而不具对各地节日活动进行干预的权力。

其次是应将"壮族三月三"节日活动与非物质文化遗产保护和利用融合进行。"壮族三月三"已列入国家非物质文化遗产名录，因此节日活动也是此一非物质文化遗产的保护、利用和传承。其中关键是人才。各地应继续发现、培养和扶持此方面的传承人，并以传承人为核心培训和带动一批骨干，使之成为活动的中坚。人才是保证此一节日活动内容优质高能和吸引力、凝聚力的根本，对人才的发现、培养和扶持正是创意思维的用武之地。

再次是通过创意使"壮族三月三"节日成为广西文化产业链的上游高端乃至"发动机"。"壮族三月三"节日作为文化生产力的表现形态，属于传统文化产业形态。在新世纪创意经济时代，需要转型升级，提质增效。应鼓励和吸引海内外企业或由当地群众自行发起组建股份制公司，投资经营节日活动。但这种投资经营应尽可能少干预或不干预节日的内容生产，而是在最大程度地保持"壮族三月三"的核心元素和原生态，避免急功近利、竭泽而渔的前提下，对其外部进行创意设计和包装，如表演、服饰、道具、餐具、工艺品、土特产等的生产经营乃至对公共设施、基础设施的投入。应该说，之前这些项目的投资和生产也已存在，但更多属于一种松散、无序和粗放的经营，而非文化创意思维驱动下的创新性、系统性、规模化和网络化的集约式发展，是一种低质、低效的传统产业形态。

文化是民族和地域的灵魂和命脉，也是民族和地域的形象和名片。作为壮族文化和广西地域文化重要内容也是载体和符号的"壮族三月三"，如何最大限度地发掘文化内涵，树立文化形象，拉动文化消费，为广西经济发展和文化强区建设发挥全方位的功能和作用，的确值得社会各方深思。

"文学桂军"的一个重要方阵

中国作家协会实施"少数民族文学发展工程"以来,全国少数民族文学创作与出版呈现新一轮的繁荣景象。广西文联、作协编选的10卷本《广西少数民族新锐作家丛书》(广西人民出版社2013年11月出版),即为又一令人瞩目的实绩。

地处祖国边陲的广西是一个多民族聚居地,有壮、瑶、苗、侗、仫佬、毛南、回、京、彝、水、仡佬等11个世居少数民族以及满、蒙古、土家、畲族等散居的少数民族。这是一片神奇的红土地,有秀美的风光,有壮丽的山河,更有深厚的历史人文积淀。民族生活的沃土,民族文化的辉光,自古至今滋养着各民族作家的文学梦想,照耀着各民族作家的代代长成。20世纪90年代以来，广西文学发展气势尤猛，风头尤劲，"文学桂军"以团队阵容崛起，极大地改写了中国文学的版图，成为中国文坛的佳话。而广西少数民族作家，是"文学桂军"的重要构成，他们以自己的创作成就充实与壮大着广西文学的内涵与外延。才人迭现，各领风骚，曾几何时，一代新人又已头角峥嵘，脱颖而出。《广西少数民族新锐作家丛书》纳入近年来在小说、散文和诗歌领域勤奋耕耘、收获显著的杨仕芳、何述强、周末、林虹、费城、陶丽群、黄土路、黄芳、梁志玲、潘小楼等10位新生代作家诗人的作品，齐整的阵势，呈现的却是各具特色、各有千秋的才华与风格。

杨仕芳（侗族）以"我看见"三字来命名其中篇小说集。其小说善于描写特殊情境中人性的沉沦与挣扎，污浊与净化，读来令人惊心动魄，深受震撼。如《流逝》一篇中，铁匠欧元刚的"妻子"阳芝芝实际上是骗婚者，周旋于原来丈夫、孩子与欧元刚之间的阳芝芝内心时时陷入激烈的冲突与交战，而已有所察觉的欧元刚也经历着灵魂的震荡与煎熬。小说的结尾，自觉罪孽深重的阳芝芝愧悔而去，欧元刚与年幼的"儿子"则日日等待阳芝芝的归来……小说对人性的善与恶的双重揭示，达到了相当深刻的程度。何述强（仫佬族）的散文集《隔岸灯火》，则显示了思想的张力、语言的魔力与对散文文体的苦心经营，诸多篇章颇有令人拍案叫绝的奇思警句与不凡章法。试举二三："在我的家乡，一个人过世了，人们就为他扎一只白鸟。……它在村庄上空飞翔，在街巷上空飞翔，也在林立的楼群间飞翔。尖锐而洁白的石米拒绝不了它，地板砖、双灰粉拒绝不了它，钢筋水泥、茶色玻璃、防盗门拒绝不了它。它是骄傲而圣洁的女皇，想要叩开谁家的窗户就叩开谁家的窗户。它上下起伏、左右腾跃，节奏时缓时速，音色时暗时亮。……村庄和城市都无法拒绝那只振翅的白鸟。白鸟是一道无坚不摧的亮光。障碍，只能促使这只饱经沧桑的白鸟更加欢快地跳跃。"(《白鸟》)"我忘不了那个中药铺。每次经过它的门口，都会在不知不觉中朝里张望。它卖中药，同时也卖花圈。……买药是求生，买花圈是送死。这是两件很严肃、也很痛苦的事情。如果分别让人们去承受，恐怕效果会平静一些。但进入那间灰扑扑的中药铺的人必须同时承受、同时体验两种情感，听凭两种情感在心中翻滚、格斗。……它摆出一种残酷的人生战场。"(《两种生意同时做》)"做文人是艰难的。你做文人，在什么地方都得做文人。在明亮的广厦里，在阴暗的店铺中，在任何场合，和谐或者不和谐，你都得做文人，而大多数时候，选择精神的崇高就必须承受生存的悲哀。"(《好友郑云》)

周耒（壮族）的小说注重表现当代人尤其是底层人物的物质与精神困境，并对人的良知的发现、人的尊严的复归与人的精神的升华充满热切的期望与信心。《还魂记》《飞入天上的梯田》和《舞场》等中短篇小说给读者的心灵带来冲击与碰撞，也让读者的灵魂受到洗礼。

林虹（瑶族）的散文集《两片静默的叶子》，写身边事，写心中事，于率性中透出思索，于真实中袒露性灵。

费城（壮族）的诗歌呈现了作者繁复的内心世界，有明朗而热烈的抒情："曙光就在近旁 / 润湿了脚下的土地 / 啊，这就是祖国的土地／啊，想起祖国／我就想起我的桂西北／那里草木葱茏，人心向上／人间处处是花园。"（《我热爱你》）有深沉而落寞的忧郁："我静静地坐着。在九月／我将身躯弯曲成大地的弧度／一枚枣核静静地萌芽／从我骨缝的罅隙间伸出枝丫／仿佛忧伤，在九月里又吐出新芽。"（《再一次写到九月》）有对美好年华的描述："啊，寂静。暮霭上升／天空弯曲，铅褐色云朵低垂／少年沿途开成花的姿态／被风拍暗的栏栅越发清晰。"（《少年书》）有对人生终点的慨叹："多少年后，你在山边守一座老房子／坐在时光的荒芜里，不发一言／目光混浊，如同一只破旧的瓦罐／不发出一个声音。那些秘而不宣的／言辞风化在时光的褶痕里。"（《老时光》）费城还善于以生动的具象表现对世界与人生的思考，这使他的诗歌既华丽又具有现实感。

陶丽群（壮族）的小说创作近几年来颇为活跃。《起舞的蝴蝶》《恍惚之间》《漫山遍野的秋天》《一塘香荷》等作品是在《民族文学》发表的，其中2009年发表的《起舞的蝴蝶》被改编成同名电影，《一塘香荷》获得"2012《民族文学》年度奖"。其小说特点：一是关注底层人物，往往把底层人物作为作品的主人公。而且，这些主人公又往往是底层人物里的边缘人或另类，是底层的不幸者。二是表现农民与土地的关系。作者对农民和土地的关系有着极为深刻的理解。三是作品内涵丰富。四是重视人物塑造，尤重细节描写。

黄土路（壮族）的小说，透视复杂的现实社会，洞察人生的苦难，也总带着理想与温情的想象。《醉客旅馆》的温馨令人感动，《戒指在寻找爱情》的寓意让人深思。他的作品还具有自觉的文体探索意识，表现了一个日趋成熟的小说家不懈的艺术追求。

黄芳（壮族）的诗如同其诗集的书名《仿佛疼痛》，紧贴着生活，是从生活中长出的感受与情怀，感性、质朴和真实。"——你要用上帝的光亮骄傲地 / 爱我。要一辈子 / 只爱我。"（《你站在那里，爱我》）"你左手羞怯地平放，右手 / 打翻了慌乱的茶杯。/ 如果我爱你，/ 我要先爱上 / 这一阵阵的慌乱。"（《如果我爱你》）"我老了 / 再也没有力气来阻止一场 / 突如其来的爱情。"（《如果我还年轻》）这些关于爱情的诗篇，尤其率真和坦荡。

梁志玲（壮族）的小说对各色底层人物的心理性格与生存状态精描细刻，且极具悲悯意识。《微凉的逃逸》一篇，凄婉地讲述了女性对命运的挣扎与逃离，而其主人公——越南籍的外祖母歹歹的形象塑造，十分难得，这是南国边疆特有的生活与人物。

潘小楼（壮族）的小说叙事融入散文与诗化手法，较为自由和率意。她的小说主题有关于灵魂的忏悔与救赎，如《秘密渡口》和《罂粟园》；也有关于人性对苦难的承受限度的探索，如《小满》。有的作品还着意营造神秘的意境和气氛。

阅读这套丛书，我欣喜于广西文学的雄强后劲与新的格局。10位新锐作家大都是70后或80后，他们从时代精神与民族生活中获得灵感，汲取诗情，以其创作实力和潜力，标示了"文学桂军"一个重要方阵的存在。

出于蓝而胜于蓝

阅读"中国德胜酒文化大型有奖征文"作品,我真切地感受到一种意外的收获。

顾名思义,以"德胜酒文化"命名并有德胜酒生产企业参与承办的征文活动,其所征之作与德胜酒、与德胜酒文化乃至与其生产企业的关联是不言而喻的,歌德胜酒、颂德胜酒文化、扬德胜酒生产企业之名,亦是征文题中应有之义。酒乃红蓝草所酿之酒;企业乃德胜红兰酒业公司,征文作品首先是"起于蓝、出于蓝"。因历史上诗教发达、诗家辈出,"李杜文章万口传",故常谓传统中国乃诗之国度。但我认为中国亦可称为酒之国度——中国的名酒之多、酒文化之盛,恐怕亦为世界之最。以酒为题，吟诗著文，古来如此。因此，众多征文作品首先以弘扬德胜酒为立意，从不同侧面、不同角度探索和表现了德胜酒之所以"得胜"的种种内涵。

一种文化与其历史是密不可分的，或者说文化与历史是彼此纠缠共同演进的。酒文化与酒历史的关系亦是如此。不少征文作者具有可贵的历史意识，德胜酒的起源与前世因此成为这些作者笔下所致力追问、挖掘和再现的主题，并获得多姿多彩的描述。施铁靖的《饮德胜美酒 话古镇春秋》《黄庭坚宜州绝唱》，谭为宜的《况味人生话红兰》，覃新强的《红兰酒的由来》，李文山的《白猿报恩》，农成海的《酒香诗韵乐陶然》，韦大新的《红兰美酒蕴风华》、《红兰酒红兰情》，李果河的《红兰姑娘》，吴海良的《红兰的故事》，李洪文的《德胜酒的三点秘密》，上官晓梅的《德胜酒传奇》，覃俊平的《酒爱红兰三斗醉》等篇，或苦心钻研典籍，详细考证史实；或撷拾民间故事，加工今古传奇；或写实，或玄幻；或质朴，或夸张……将德胜酒的诞生史、成名史，将德胜酒与历史文化名人的际会因缘呈现给读者。娓娓道来的史笔，酣畅淋漓的诗意，增人知识，启人幽思，令人读后难忘，兴味横生。

一种文化的源远流长，既由于它是历史的，也因为它是当代的。德胜酒文化亦是如此。德胜酒文化历千百年而不衰，历千百年而弥盛，固然有种种缘由，比如地域的优势、社会的加持。然而最重要的，当为德胜酒酿酒人的代代传承并发扬光大。德胜酒在今天的声驰遐迩，首功应归当代酿酒人。一些征文作者敏锐地意识到了德胜酒文化中的人的因素。覃革波的《用德胜酒盘点人生》一文,所聚焦者即为德胜酒的当代酿酒人——德胜红兰酒业责任有限公司总经理高钢武。十年白酒车间发酵工、华南工学院发酵专业毕业生、1990年即肩挑酒厂厂长重担的高钢武,不管在象征意义还是实际意义上,皆可谓一位"酿酒人"。作者从20世纪90年代初即跟踪采访红兰酒厂和高钢武,对红兰酒厂和高钢武本人历史的熟悉达到了如数家珍信手拈来的程度,《用德胜酒盘点人生》这篇作品让读者看到了在高钢武的手中,红兰酒企业怎样生存发展,怎样从曾经的"亏损之势如江河日下,总负债高达2300万元,被迫停工停产,日子水深火热"的低谷中悲壮奋起,重整山河,塑造品牌,做强做大,2009年销售收入突破亿元大关,成为宜州市第二纳税大户,跃居广西第二大白酒企业。红兰酒如今风生水起、香飘四方,甚至漂洋过海,走出国门,为中国酒文化的弘扬远播做出了切切实实的贡献,正是由于高钢武及其企业团队这些当代"酿酒人"的智慧与才华、努力与奋斗。《用德胜酒盘点人生》一文对红兰酒酿酒人的贴近描绘和塑写,使其成为征文作品中颇为醒目的一篇。

无疑,大规模的、吸引了各行各业众多作者的这次征文,是德胜酒文化的一次集中展示,一次嘉年华,甚至是一个里程碑,必将载入德胜酒文化的发展史。来自祖国天南地北的征文作品,让人惊叹德胜酒竟是如此地广受欢迎,深得大众喜爱。德胜酒的品牌再一次擦亮、闪光。然而,如果征文仅仅达到了这样的目的,多少还是在人意料之中。我感到意外的是,不少征文作品是写酒又不是写酒,"出于(红)蓝又胜于（红）蓝"，从德胜酒的话题，又引申出多种意涵，从酒文化进入地域文化、进入政治历史、进入人生命运的层次，令读者获得饱和丰赡的审美体验。

任君的《德胜酒话》，所话是德胜酒又不尽是德胜酒。作者借德胜酒而抒发对中国历史和中国文化的思考。作者不无调侃却也有所依据地指出，某种意义上的中国历史"就是一部普及版的酒史"。文中这样写道："中国老百姓记不住朝代更迭，皇帝生死，往往记住了'青梅煮酒论英雄''杯酒释兵权''鸿门宴''温酒斩华雄''群英会''杜康美酒醉刘伶''乾隆千叟宴'……这些精彩的历史碎片见证了历史的沧海桑田。"作者并引有"少年酒豪"之称的杜甫、写下170多首"酒香四溢诗"的李白、自称"醉司马"的白居易这三位唐代大诗人为例，再风趣立论："一部文学史，其实一半是墨，一半是酒。"历史是酒史，文学史是酒史，而人生亦少不得酒做伴："酒是美人的笑靥，英豪的德性。男儿若不喜酒，似乎少了几分恣肆和阳刚；女儿若偶饮，肯定又多了几分诱人的妩媚和娇柔。酒是少男少女月下的浪漫，亦是老人品饮的安详。"这篇作品有恢宏的联想，有睿智的思考，显示出一种雍容气象。

施铁靖的《黄庭坚宜州绝唱》《饮德胜美酒　话古镇春秋》对黄庭坚、徐霞客、郑献甫的叙写，谭为宜的《况味人生话红兰》对田中角荣的叙写，莫景春的《德胜酒魂》对丰子恺的叙写……既追溯了德胜酒的历史佳话，也通过这些中外历史文化名人与德胜酒的掌故，丰富了读者的历史文化认识。更为难得的是，蓝汉东的《天造地酿德胜酒》一文，作者以亲身经历忆述了其与当代著名作家、1957年因发表《现实主义——广阔的道路》一文而罹遭厄运的秦兆阳的一段交往："'文革'中,当代著名'右派'作家秦兆阳下放到都安指导创作长篇小说,笔者陪他去宜州采访冉大姑,得以红兰酒招待,他竟连连咕嘴念念不忘,回来后常叫笔者帮他买红兰酒以伴餐饮和晚上催眠。粉碎'四人帮'后,他离开都安回京前夕,没有量的他和笔者,两人竟喝(红兰酒)得酩酊大醉,他在醉中吟道:'世间无情酒有情,不舍寒士苦伶仃。'"几行文字,成为当代文坛的一段轶事得以广为人知,亦可堪称佳篇。黄好谋的《德胜美酒敬献黄勇刹大师》,记叙壮族诗人、山歌大师黄勇刹到巴马县欣赏山歌赛的往事,亦具有极为可贵的文艺史料价值。

聂震宁的《家乡酒之思》,不只是抒写乡思乡情,更由对七年德胜农村插队落户的"坎坷和苦痛""真情与快乐"的回忆,引领读者走进那段特殊的岁月,见证一些"难忘的人"的生存状态。"我们喜欢喝的是生产队酿制的米酒。酿私酒违法,为此生产队分酒时就十分秘密。队长一般是在收工时召集大家到田头,通知收工后拿酒罐到某家分酒。尽管四下是旷野,并没有外人,队长也压低着声音说话,神情十分诡秘。"他(当地农村文化站站长"莫老爷")说许多人家都有这样的好酒,只要我舍得出钱买鸡鸭鱼肉,他就能让人拿出在地下埋了十几年的红兰酒来一起喝。那年头买鸡鸭鱼肉是何等奢侈的事情,我是断然拿不出这钱来的,但嘴上却说舍得,赌他拿不出酒来。于是旁边就有若干知青和农民起哄,说要见者有份,一起大吃大喝,大家开心极了。可是直到我离开德胜古镇，我们赌言相约的红兰酒宴席都还不曾开摆，成了名副其实的"精神会餐"。这些平淡无奇、极为内敛的文字，却令读者心潮起伏，情绪万端，让人反思历史的怪诞与伤痛，反思荒谬年代里底层百姓貌似喜剧实为悲剧的生活与命运。

吕成品的《与'德米'有关的幸福生活》，谢晓辉的《千里姻缘"德胜"牵》，王仁昌的《美酒共享》，石永仙的《人生醉意》，廖正荣的《金德胜的故事》，闭月的《酒香浓郁沁雅怀》，卓玛朵朵的《德胜红兰PK法国葡萄》，韦荣新的《德胜米酒飘香英国》，阎宽的《三饮德胜酒》，李志杰的《美酒连亲情》，陈新铭的《一杯酒 一生情》，肖毅彪的《战场结缘德胜酒》，尚广、郭英的《美酒招待东瀛客 话语当年满面羞》，周灵峰的《杯酒浓情》，庞玉生的《得胜归来再举杯》，蓝雨谦的《酒瓶的故事》等等作品，讲述了德胜红兰酒在日常生活中给人们带来的欢愉，从中又牵引读者的目光投向城市、乡村，学校、军营，南方、北方，海内、海外，表现了广阔的生活。有的作品更深入揭示心灵的创伤、人生的悲喜和命运的沉浮，是十分生动感人的篇章。

征文作者来自五湖四海，然大半属于河池本土。因此，征文作品还在很大程度上展示了河池文学创作的实绩、河池文学作者的才情，也在某种程度上营造了河池浓郁的文化氛围，是河池本土文化的一次引人注目的崛起。德胜酒文化征文，功莫大焉，善莫大焉。

一部精美的巨著

漓江出版社新近推出的240万字的《聊斋志异评赏大成》（马振方主编）一书，是一部内容宏富、装帧精美的洋洋巨著。它集原文、评赏和译文为一体，在迄今为止众多的《聊斋》版本中独树一帜，别具风格。

奇书《聊斋》自问世以来，坊间竞刻，注家蜂起。远且不说，中华人民共和国成立后40多年来，国内出版的各种《聊斋》读本多得也是够让人眼花缭乱的了。在版本如林的情况下，漓江社的这本《聊斋志异评赏大成》，岂非既冒险且多余？其实不然。《聊斋》是中国古代文言小说的扛鼎之作，它以从内容到形式多方面的标新立异而开创一代文风，具有划时代的意义，为中国文学史乃至世界文学史做出了卓越而独特的贡献。它是值得后人从各个方面、各个角度咀嚼玩味、深思长虑的。著名文学史家吴组缃先生就曾多次说过：对《聊斋志异》，只作综合的研究、评述还嫌不够，还要一篇一篇地评。漓江出版社如今毅然出版这本巨书，为我们继承这份伟大丰厚的文学遗产又提供了一个新的参照。

出版《聊斋志异评赏大成》一书，编者首先面临的问题是如何拣择版本。该书校订者不惮辛劳，对《聊斋》各种版本多方比较，以作者手稿本和铸雪斋抄本为主要底本，参阅其他版本，择善而从，使得新出版的这个文本兼具科学性和权威性，令人称赏。

该书每篇均前出文言原文，后继评赏和译文。出自国内多所著名大学的多位专家学者之手的译文和评赏文字，与蒲氏原文相映成趣，同样值得细读。译文多为直译，辅以意译，体现了忠实原著的精神。

该书评赏文章或长或短，作者们见仁见智，不拘一格。读者从中可以体味到思想性、艺术性、知识性、学术性和趣味性的兼容。《聊斋》大部分作品突破了传统讲故事的形式特点，创造了一种截取生活横断面的表意小说新文类，在短篇小说普遍处于故事化时代的背景下，异军突起，别领风骚。蒲松龄的这一天才的创造及其深远的文学意义被该书的评赏者充分注意到，并在文中多加阐扬。如对《新郎》一篇的评赏，评赏者注意到这篇作品的创作手法和现代电影的蒙太奇技巧的相似性，因此写道："我们当然不能说作者受到了电影理论的影响，但他在这篇小说中使用了视点移动、镜头转换、从人物的角度开展叙述等具有现代艺术特点的技巧,是显而易见的,这篇作品因此而产生的特殊的美学趣味与艺术效果,也是每位读者都能体会到的。尽管这种写法今天看来并不复杂,并不新鲜,但在作者生活的时代,无疑是一次艺术的创造。"这样的评赏文字具有新意,使读者不仅从原文中读到历史,还能从中读出新鲜感和现代感。

最后值得一提的是,漓江出版社多年来以出版优秀的外国文学作品而享誉文学界和出版界。近年来该社又注意弘扬民族文化传统,邀请名家评点出版我国古典文学名著。这本费工费时的《聊斋志异评赏大成》,是该社在这个方面努力的又一丰硕成果;同时也是对广大读者的又一精诚的奉献。

赞歌以及其他

散文集《世纪遥望》(主编潘琦,副主编冯艺,广西人民出版社)是作为广西壮族自治区成立 40 周年的一份献礼而编纂的。35 万多字,内容全是描绘广西人情风物或是与广西有关的;65 位作者中,则既有广西籍,也有他方人士;既有大家泰斗,也有后进新秀。看得出来,为了搜罗爬梳相关篇什以成此集,编者狠下了一番气力。

大庆献礼,"雅""颂"之体,歌赞之作,自是理所当然。红土地阳光明媚,四季花开;山川雄秀,物华天宝;人民质朴,风情多姿。尤其是近 20 年,堪称盛世,历史上饱受刀戈兵燹之苦的古老的八桂大地焕发新颜,更多可歌可赞之人、事、情、景。《四上瑶山》(费孝通)、《五十年后重访梧州》(于光远)、《独秀峰》(谢冰莹)、《伊岭岩的启示》(王蒙)、《漓江春信》(刘白羽)、《桂林山水》(方纪)、《南宁忆语》(陈残云)、《在桂林》《南宁夜市》《太阳城》(贾平凹)……赞美广西各族人民的生活,讴歌广西各地的风景名胜。这些出自外省作家的手笔佳词丽句层现迭出,充满火样的热情。而土生土长的广西作家,对自己家乡的挚爱更不待言。收入集子中的广西作家的篇章,也不乏华赡而又深情之作。

然而,我认为,如果把这本集子里的所有作品仅仅理解为赞歌性的,或者仅仅从"庆功"的角度来看待全部作品,那将会大大缩小这本集子的意义和价值。这本书至少还从两个方面引发读者的纷纭思绪——

关于历史。抗日战争时期,桂林成为海内外闻名的文化城,风流人物纷至沓来,出版社、报社、书店、剧院林立云集。巴金《桂林的受难》《桂林的微雨》,冯至《忆平乐》,夏衍《别桂林》,黄裳《桂林杂记》,周尊攘《桂林寻梦》等篇,记叙了这一时期的桂林景况,成为难得的文化史料。但尤引人兴趣的是叶君健的《参加土改半年》、冯亦代的《靖西乡杂忆》和徐迟的《山明水秀人翻身》三篇。三位著名作家都是50年代初作为全国政协土改工作团第二十团的成员南下广西参加土改的。他们的三篇文章,留下了土改运动的一个片段的真实记录;更使人从一个侧面了解到在土改运动中知识分子的表现。如果读得再细心一些,读者还会发现三位作家对这场运动的认识和感受是有所差别的。而这种表现、认识、感受及其差别对作家本人的研究、对当代知识分子的心路历程乃至对中国当代史的研究极具价值和意义。

关于文学。65位作者、83篇作品，除了少数几篇仅仅因为与广西有表面的关联而被收入集子中（如孙中山《在桂林学界欢迎会的演说》、夏衍《别桂林——〈愁城记〉代序》、王力《乡下人》、罗尔纲《回乡省亲》、陈凯歌《秦国人——记张艺谋》），其余大都可算作"同题作文"——都是对广西的人物风光的描写。而作者不同，写作时间不同，使得这一同题作文产生了一种强烈的对比效果。作家的才华、风格、人格等等在其中袒露无遗。时间是最有情的，又是最无情的。一些作品在几十年后的今天仍无愧于读者，仍散发缕缕馨香。而一些当年曾经走红的作品，曾经被推崇备至的创作手法，则显出了它们的局限。由于它们的不真实，作家的诚实面临历史的质疑，读者从中读出文学的教训。因此，这本书在提供给我们一些美文的同时，也开启了我们一些关于当代文学的思考——尽管这可能超出了编者的初衷。